KB252217

나무를 만나다

나무를
만나다

나무를 만나다

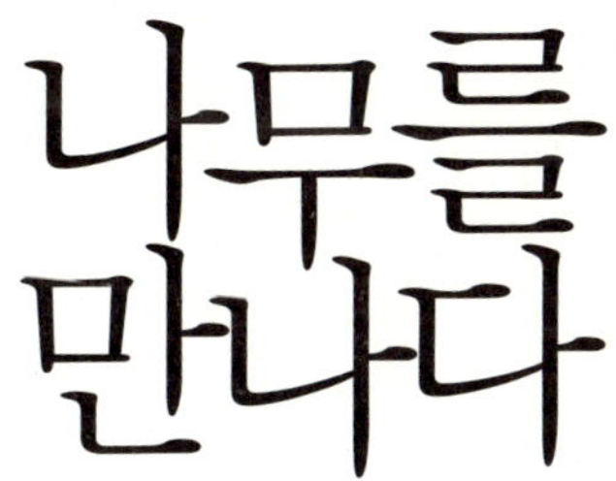

그 굵고 정한 삶의 이야기

이동혁 글·사진

21세기북스

contents

나는 여전히 나무를 만나고 싶다

나무가 좋다. 재촉하지 않아도 때가 되면 제 할 일이라는 양 꽃봉오리 환히 열어 보이는 나무가 좋다. 치열한 생의 흔들림 속에서 제 위치를 지켜가며 무성한 가지와 잎을 펼쳐 파란 하늘 우러르고 사는 나무가 좋다. 많은 수고로움을 한 알의 열매와 맞바꾸고서 지난 추억 모두 잎잎이 물들여 허공으로 떠나보낼 줄 아는 나무가 좋다. 모진 추위와 눈보라를 맨몸으로 견뎌내며 다가올 날을 준비하는 마른 몸가짐의 나무가 좋다. 어김없이 돌아오는 봄을 알고 기다려 연초록빛 새순을 틔우고 다시금 새출발하는, 흠뻑 물오른 가지의 나무가 좋다. 좋다는 것에 '왜'라는 이유가 없으면 더욱 좋다. 그냥 좋으면 된다. '그냥'처럼 자연自然을 자연스럽게 잘 표현해주는 말도 없다. 스스로 그러한 곳에 나무가 서 있으니 그것이 바로 자연이다.

　나무는 사람을 많이 닮았다. 사람처럼 희로애락이 있고 생로병사를 겪는다. 대지의 품을 뚫고 나와 첫발 디딘 자리에 서서 먼 길을 살아간다. 치열한 경쟁과 시련 속에서 살아남아 제 나름의 꽃을 피우고 제 몫의 열매를 맺고 몸에 지닌 마지막 수분마저 공중에 날리는, 생을 향한 나무의 자세는 사람과 다르지 않다. 그러니 나무에게서 사람의 모습이 보이는 건 당연한 일이다. 사람처럼 나무는 제각각 다양한 삶의 방식으로 살아간다. 한 가지 다른 점이 있다면 나무는 포기하는 법을 모른다는 것이다. 끝까지 제 생명줄을 놓지 않은 채 새가지를 벋고 새순을 내어 어떻게든 살기 위해 애쓴다.

　나무를 안다는 건 무엇일까? 수목원에서 사진 몇 장 찍어두고 팻말에 적힌 이름이나 익힌다고 해서 그 나무를 안다고 할 수는 없다. 나무가 살아가는 현장을 찾아가 직접 만나면 좀 더 구체적인 형상으로 다가온다. 치열한 경쟁 속에서 살아가는 모습을, 멀고 험한 여정 끝에 만나보게 되는 감동은 이루 말로 할 수 없다. 그러나 자생지에서 그 실체를 들여다보는 것이 전부는 아니다. 숲속에서 개개의 나무들을 구별하는 눈을 갖기 시작한대도 나무를 이해하게 되는 것은 아니다. 나무가 견지하는 삶의 자세가 눈에 들어오고, 눈에 보이지 않던 의미들이 보이기 시작하면 나무를 바라보는 또 다른 눈이 떠진 것이다. 그러면 생명을 가진 푸른 나무뿐 아니라 생명을 잃어가는 고사목에서도 그들의 말소리가 들린다. 나무의 언어는 소리가 아니라 느낌으로 전해진다. 각각의 나무가 들려주는 삶의 이야기를 받아 적고 싶어진다면 비로소 나무와 소통하는 창이 하나 열린 셈이다. 나무와의 진정한 만남은 이때부터다.

그동안 전국을 다니며 도감에나 있을 법한 여러 나무를 만나보았다. '그래, 나는 이제 나무에 대해 뭔가 좀 알 것 같다. 책으로 묶는 일쯤이야 어색하지 않을 법하다. 그런데 글줄로 풀어내는 일이 왜 이리 서툰 것이냐. 내가 보고 느낀 것이 전부는 아닐 텐데' 하고 끝없는 의문이 든다. 뭔가 좀 알겠다고 하는 순간, 머리가 띵하다. 박재삼 시인의 시詩 〈찬란한 미지수〉가 떠오른다. 또 다른 미지수를 열며 나뭇잎은 그것이 아니라고 살랑살랑 고개를 젓는 것만 같다.

고맙다, 나무야! 너는 언제나 겸손을 가르쳐주는구나. 너를 알면 알수록 내가 모르고 있는 것이 얼마나 많은가 하는 것을 깨닫게 된다. 내가 네가 될 때야 비로소 너를 알 수 있을까? 언제인지 모르게 시작된 별빛의 항해가 우주를 건너와 내 눈에 닿는 지금이다.

2012년의 봄

이동혁

봄

봄은 따뜻한 생명력으로 피워내는 꽃의 시간이다. 꽃을 피
운다는 건 건강하다는 징표다. 한창 물오른 빛깔을 몸에 두
르고서 환히 피워내는 꽃은 건강하기에 아름답다.
모든 꽃은 순간이다. 영원할 줄 알고 피어나는 아름다운 착
각의 시간이 흘러간다. 시간은 어디서 와서 어디로 가는 걸
까? 밑도 끝도 없는 흘러가는 저 우주의 시간을 누가 왜곡할
수 있을까? 존재하는 모든 것은 순간이다. 그러니 세상에 꽃
아닌 삶이 어디 있으랴? 수많은 꽃 속에서 나 여기 있다고,
나 좀 한번 봐달라고 손 흔드는 아우성. 살아서 즐거운 날!
환희에 찬 꽃의 노래가 산과 들에 울려 퍼진다. 탕! 꽃전쟁
은 시작되었다.

될성부른 나무

본잎

정말 싹만 보고 알 수 있을까? 땅 위에 떨어져 겨우 발붙인 씨앗이 펼쳐놓은 떡잎 두 장만으로 집안 내력을 읽어낸다는 건 섣부른 짐작에 지나지 않는다. 떡잎은 부모에게서 받은 처음이자 마지막 양식일 뿐. 이제는 네 힘으로 살아가거라, 부모는 더 이상 해줄 게 없다, 앞으로는 모두 네 하기 나름이다, 하고 내어준 떡잎이기에 어떤 미래가 펼쳐질지는 아무도 모른다. 보장받은 미래가 담긴 것도 아니다. 떡잎이 시들고 나면 그때부터는 순전히 제 힘으로 낸 잎으로 살아야 한다.

혹시 많은 걸 물려받았다 한들 무슨 소용일까? 모두 다 큰 나무가 되는 것은 아닌 법. 열심히 땅속으로 뿌리를 내려서 가지 끝까지 물을 길어 올리고, 하늘 가득 무성한 잎을 틔우고, 가지를 벋어 드높은 나무가 되고, 숲의 온전한 일원이 되는 일까지는 순전 자신의 몫이다. 애초에 정해진 운명의 방향대로 끌려가야 한다면 세상 살아가는 일은 재미가 없다. 같은 나무끼리도 결과는 다르기에 열심히 살아가게 하는 이유가 된다. 보다 나은 미래는 내가 하기 나

름이라고 믿기에 최선을 다해 살아가는 원동력이 된다.

된성부른 나무를 어떻게 떡잎부터 알아볼 수 있을까? 떡잎이 크다고 큰 나무가 되는 건 아니다. 큰 나무일수록 외려 작은 씨를 품는다. 부모에게서 건네받은 떡잎이 아닌, 제 힘으로 세상에 처음 펼쳐 보이는 본잎부터가 그 나무의 진짜 시작이다. 될성부른 나무는 본잎부터 알아보자.

약이야, 밥이야, 꽃이야?

골담초

뼈만 남은 골담초의 앙상한 가지에도 어김없이 봄은 온다. 봄바람의 손길 몇 번이면 파란 싹이 돋아 네 장의 잎으로 펼쳐지고 금방이라도 날아갈 듯한 노랑나비가 아래를 향해 조롱조롱 매달린다. 건드려도 날아가지 않는 그것은 나비가 아니라 골담초의 꽃이다. 리본으로 만든 매듭 같기도 하고 사연 많은 이가 적어놓고 간 쪽지 같기도 하다. 나비 같은 꽃에 나비가 모여들면 어떤 것이 나비이고 어떤 것이 꽃인지 모른다. 처음에는 노란색이던 꽃이 점점 붉은색으로 변하면서 나중에는 나무 전체가 나비떼로 뒤덮인 듯 울긋불긋해진다. 사람의 눈높이에서 피다 보니 벌과 나비는 물론이고 사람들의 손길도 곧잘 머물다 간다.

흰머리 성성한 어른들은 가던 걸음을 그 앞에서 멈추고 골담초 꽃을 따먹던 시절의 이야기를 꺼낸다. 골담초가 가만히 엿듣는 줄도 모르고 신이 나서 떠들어댄다. 꽃을 똑 따서 자신의 입에 넣어보고 아이들의 입에 넣어주기도 하면서 배고팠던 시절의 이야기를 줄줄이 늘어놓는다. 옛날에는 뭐도 먹었다 뭐도 먹었다 하면서 골

담초와는 거리가 먼 이야기까지 쏟아낸다. 꽃도 먹을거리가 되었던, 아니 꽃이라도 먹을 수밖에 없었던 시절에는 먹지 못할 꽃이 없었던 모양이다. 얼떨결에 골담초 꽃을 받아먹은 아이들은 떨떠름한 표정을 짓다가 이내 단맛이 돌자 슬슬 풀려간다. 하지만 어른들의 추억까지 맛보지는 못 한다.

뼈와 담에 좋은 약초라 불리지만 골담초는 풀이 아니라 나무다. 손닿는 높이로 자라는 키 작은 나무다. 잔가지가 변한 가시가 있어서 예로부터 담장 가까이에 울타리처럼 심어두고 약재로 썼다. 그러니 동네에 누가 아프다, 어디가 아프다 하는 이야기를 수없이 들으며 자랐을 것이다. 모르긴 해도 그에 걸맞은 약효도 양껏 품지 않았을까 싶다.

하지만 지금은 시절이 바뀌어 약으로도 쓰지 않고 배고파서 먹지도 않게 되었다. 쓰임새를 잃어버린 나무가 할 일이라고는 열심히 꽃이라도 피워두는 일뿐. 잊힐 때 잊힌대도 봄이 되면 제 할 일이라는 듯 나비 모양의 꽃을 세상 밖으로 꺼내놓는다. 꽃이 피기 전까지는 그 존재를 알아채기 어려운, 그 전까지는 풀인지 나무인지도 관심 없는, 이제는 사람에게서 멀어져간 나무가 되었다.

핑크빛 아나키스트

왕벚나무

요즘은 어디를 가나 벚꽃길 없는 곳이 없다. 남부지방으로 내려갈수록 새하얀 꽃들로 4월의 크리스마스를 연출한다. 복사꽃 날리는 무릉도원은 아닐지라도 마치 다른 나라에 온 듯하다. 벚꽃축제라는 말도 이제 더는 낯설지 않다. 한적한 외곽지역은 물론이고 시내의 중심가에도 많이 줄지어 심어 더욱 멋들어진 경치의 관람이 가능해졌다.

왕벚나무는 벚나무 종류 중에서도 가장 풍성한 꽃을 피운다. 튀겨낸 팝콘 같은 꽃으로 벌과 나비보다 사람의 발길을 더 끌어모은다. 바람에 꽃잎이 흩날리는 풍경 속을 걸어보는 일은 더없이 낭만적이다. 봄에 벚꽃 터널길을 걷는 것은 이미 연인들의 필수 코스가 되었다.

그럼에도 왕벚나무는 자꾸 눈치를 봐야 한다. 익히 알려진 대로 왕벚나무는 '사쿠라'라고 해서 일본의 나라꽃이다. 그래서 우리나라 애국자들의 눈총을 받기도 하는 마음 불편한 나무다. 이순신 장군과 관련된 행사에서조차 왕벚나무 가득한 풍경이 펼쳐지는 건

참 어색하기까지 하다. 역사의식 앞에서 왕벚나무는 고개를 떨어뜨리고 만다.

그런데 정작 일본에는 왕벚나무의 자생지가 없다. 아무리 찾아도 없다. 외려 일본이 아니라 우리나라의 제주도에서 자라는 것이 아주 오래 전에 확인되었다. 굳이 국적을 가리자면 엄연히 대한민국 나무인 셈이다. 그 점을 들어 왕벚나무는 신문고를 울린다. 나무에게 무슨 죄가 있겠느냐고, 편견을 갖고 대하는 사람에게 문제가 있지 않느냐고 하면서 말이다.

사실 나무에게는 역사의식도 없고 국경도 없다. 그러므로 단죄할 수 있는 대상도 아니다. 일본이 무궁화 말살정책을 편 과거가 있었다고 해서 지금에 와서 우리가 왕벚나무를 뽑아 없앨 수는 없는 이유도 거기에 있다. 왕벚나무는 일본만의 나무도 아니요, 한국만의 나무도 아니요, 그저 대자연의 구성원일 뿐이다. 그저 나무여서 꽃피는 것인데 어느 나라를 위해 꽃핀 것이냐고 물으면 어쩌란 말인가? 죄는 미워도 나무는 미워하지 말자.

바람에 마음을 맡기다

사시나무

대체 사시나무가 얼마나 떠는 나무이기에 '사시나무 떨듯이 한다'
는 말이 나왔을까? 사시나무를 보기라도 해야 그 말뜻을 제대로
이해할 수 있을 텐데 정작 사시나무를 본 이는 얼마 되지 않는다.
사시나무는 흔히 백양나무라고도 하는데, 키가 크기도 하거니와
숲 속에 섞여 있다 보니 보통 눈썰미가 아니고서는 구별해내기 어
렵다. 잎이 하트처럼 생겼고 좌우가 대칭형이며 가장자리의 톱니
가 물결 모양을 이룬다는 점을 기억하고 있으면 우연히 만나는 반
가움을 누리기도 한다.

  실제로 눈여겨본 사시나무는 그다지 유별나게 떠는 나무는 아니
다. 몹시 춥거나 무서운 상황에 맞닥뜨렸을 때 비유적인 표현으로
사시나무를 끌어다 쓰지만 그건 좀 과장된 듯하다. 아니면 바람이
불 때마다 잎들이 서로 부딪혀 내는 소리를 떠는 것으로 보았는지
도 모르겠다. 우뚝 서서 의연한 자세로 서 있는 사시나무에게서 두
려움이란 찾아볼 수 없다. 두려움도 공포도 내재해 있는 것이기에
외부적인 자극이 없으면 발현되지 않는다. 불안한 마음이 없으니

그 어떤 두려움도 찾아오지 않는다. 떠는 것은 고사하고 사시나무
는 어떤 상황 속에서도 커다란 나무로 무럭무럭 잘 자란다.

　산에서 만나는 사시나무에 비해 길에서 만나는 사시나무는 느낌
이 좀 다르다. 백두산에서 그다지 멀지 않은 중국의 왕청 지역을
가다 보면 길가에 가로수로 심어진 사시나무 풍경과 만나게 된다.
바람이 불 때마다 부스스 소리를 내며 한쪽으로 휘어지는 나무를
바라보며 걷는 길은 더없이 여유롭고 한가롭다. 부질없이 마음속
에 있던 모든 것이 사라지는 느낌이다. 큰 나무 밑에 서면 왜 마음
이 어려질까? 유년시절에 한번쯤 걸어보았을 법한 그 길을 하염없
이 걷고 싶어진다. 가끔씩 지나는 소달구지를 얻어 타고 큰 대*자
로 누워 큰 나무조차 바람에 불리는 이 세상을 아무 걱정 없이 스
쳐 지나가고 싶다. 그 덧없는 풍경에서 시간을 제하고 마침표 없는
길을 끝없이 가고 싶다.

5월, 주인공으로 피다

당마가목

동해가 품은 보물섬, 울릉도에는 뭐 하나 특별하지 않은 것이 없다. 내륙과 뚝 떨어져 있기에 비슷해 보이는 식물도 알고 보면 진귀한 경우가 많다.

그 진귀한 보물들을 좀 더 높은 곳에서 내려다볼 요량으로 5월의 성인봉을 오르다 보면 또 하나의 보물 같은 풍경을 만난다. 흰색 솜뭉텅이 같은 꽃을 한 덩이씩 머리에 이고 선 나무들이 밀려오는 해무海霧에 젖어 일렁이는 모습은 가히 장관이다. 그 하얀 꽃의 주인공은 모두 당마가목이다. 섬 전체가 당마가목의 하얀 꽃에 둘러싸여 하늘과 바다로 넘실거린다. 평상시엔 다른 무리 속에 섞여 있다가 이때다 싶으면 당마가목은 자신의 존재를 한껏 드러낸다. 그 모습에 다른 모든 존재는 압도당한다.

마가목이라는 이름은 새싹이 말의 이빨처럼 힘차게 솟는다 하여 '마아목馬牙木'이라 하던 것이 변한 이름으로 잘 알려져 있다. 파란 가을 하늘을 빨갛게 물들일 것처럼 매달리는 열매는 시큼털털한 맛이 나는데 차로 끓여 먹기도 하고 약재로도 많이 이용한다. 마

가목은 잎이 열세 장 달리는 데 비해 울릉도의 당마가목은 그 이상 달리는 것이 특징이다. 섬에서 자란 것이다 보니 그 기운이 마가목보다 더 힘차고 당당하다. 꽃도 훨씬 풍성해서 섬 전체를 지배하다시피 한다.

외딴섬에서의 생활이란 그런 것이다. 자신이 꽃피울 시기를 알고, 그 시기가 되었을 때를 놓치지 않아야 자신의 존재를 드러낼

수 있다. 그렇지 못 하고 때를 놓치면 다른 상대에게 자리를 내어
주고 만다. 쟁쟁한 경쟁자들 사이에서 때를 알고 자신을 드러내는
일. 그것은 한 순간이라도 세상의 주인공이 되어보는 일이다. 누군
들 세상의 주인공이 되고 싶지 않을까? 5월 한때, 울릉도의 주인공
은 누가 뭐래도 당마가목이다.

나그네의 발길을 머뭇거리게 하는

철쭉

진달래는 먹을 수 있어 참꽃, 철쭉은 먹을 수 없어 개꽃이라고 한다. 철쭉의 이력에는 늘 그렇게 진달래가 따라붙는다. 진달래에 비해 좋은 평을 듣는 것도 아니면서 그렇다. 진달래와의 비교가 서러운 건 아니다. 하지만 오해에서 비롯된 비교와 평가를 듣게 되니 그건 좀 억울하다.

철쭉에 대한 이야기들은 대개 산철쭉을 철쭉으로 오인한 데서 비롯된 것이다. 철쭉을 개꽃이라 부르는 것도 그렇다. 산철쭉은 물가에 핀다 하여 수달래 또는 물철쭉이라고 부르며 독성분이 많아 먹으면 구토를 일으킨다. 산철쭉이야말로 진짜 개꽃인 셈이다. 그 산철쭉의 외양이 철쭉과 비슷한 건 아니지만 이름이 비슷하다 보니 산철쭉을 철쭉으로 부르면서 혼동이 생겼다. 결국 산철쭉으로 인한 오명은 모두 철쭉이 뒤집어쓰게 되었다. 철쭉은 사는 곳도 남달라서 진달래와 산철쭉처럼 낮은 산에서 자라는 나무가 아니다. 대개는 높은 산의 능선 같은 곳을 좋아하기 때문에 나그네나 등산객이 되지 않고서는 만나기가 쉽지 않다. 그러다 보니 철쭉에 대한

오해를 항변해주는 이가 드물 수밖에 없다.

철쭉은 사실 진달래보다 수수한 아름다움을 가졌다. 진달래보다 꽃이 약간 크고, 연한 색으로 핀다고 해서 연달래라고도 한다. 부끄러워 상기된 아가씨의 얼굴 같은 꽃을 손바닥처럼 생긴 네다섯 장의 잎이 모아 쥐고 있는 모습인지라 길을 가던 나그네가 마음을 빼앗길 만하다. 철쭉이라는 이름도 '척촉躑躅'에서 유래되었다. 척촉은 꽃이 하도 아름다워 나그네의 발길을 머뭇거리게 한다는 뜻이다. 머뭇거리게 한다는 건 그 앞에 한번쯤 섰다 가게 만든다는 의미일 것이다. 철쭉이 진달래를 넘어서는 아름다움을 가졌다는 사실은 예로부터 알아준 모양이다.

아름다운 꽃을 두고 떠나지 못 해 서성거리는 나그네의 마음을 철쭉은 알까? 그 마음 안다는 듯 좀 더 얼굴 붉혀 피는 철쭉도 있다. 그 앞에서 나그네의 발길은 한참 더 머뭇거린다.

꽃을 넘어선 꽃

등칡

깊은 산중에서 하트 모양의 넓은 잎을 가진 덩굴나무를 만난다면 십중팔구는 등칡이다. 호박잎처럼 널찍하면서도 완벽한 하트 모양이라 눈에 잘 띈다. 칡처럼 다른 나무를 타고 오르기는 하지만 꽃의 모양은 전혀 다르다.

　등칡의 꽃은 실로 파격적이다. 꽃은 어떠어떠해야 한다는 고정관념을 깬다. 암술도 수술도 밖에서는 보이지 않고 화려한 꽃잎도 만들지 않는다. 기다란 관을 U자 형으로 구부려놓은 듯한, 자루 같기도 하고 색소폰 같기도 한 것을 꽃이다 하고 공중에 걸어둔다. 처음엔 닫혀 있던 꽃이 입을 '아' 벌리듯 벌리면 삼각 모양의 꽃잎이 활짝 펼쳐진다. 입술 부분은 립스틱을 바른 듯하다. 곤충들의 도착지점이 되기도 하는 그곳은 꽃잎처럼 보이지만 완전한 꽃잎의 모습은 아니다. 꽃에서는 미약하나마 호박꽃 향기가 난다. 그 향기에 이끌린 날개 달린 손님들이 입구를 통해 드나든다. 덩치가 작은 손님은 마음껏 입장이 가능하다. 반면에 커다란 날개를 가진 나비 같은 손님은 자동적으로 제지당한다. 주둥이가 길어서 꿀만 쪽 빨

아먹고 가는, 그래서 꽃가루받이에는 별다른 도움을 주지 않는 나비 같은 손님이 어느 꽃이건 반가울 리 없다. 아예 입구에서부터 그런 얌체 손님을 걸러내기 위해 등칡은 꽃다운 아름다움을 버렸다. 통 모양의 꽃을 과감히 U자로 구부려 작게 만든 입구를 통과해서 들어와 끝까지 찾아온 이에게만 꿀과 꽃가루를 내어준다. 그렇게 함으로써 등칡은 적당량의 꿀과 꽃가루만으로도 꽃가루받이의 확률을 높이는 일거양득의 효과를 얻는다.

경쟁이 치열할수록 남들과 똑같은 평범한 방법으로는 살아남기 어렵다. 조금이라도 다르고 효과적인 전략이 필요하다. 직선으로 된 빨대를 맨 처음 구부릴 줄 안 사람은 누구일까? 나무꽃 세계에서는 등칡이 그 지혜를 이용해 살길을 마련했다. 독창성과 실용성을 겸비한 꽃! 처음에는 꽃도 아니다 싶었을지 모르지만 그 파격적인 발상이 꽃의 범주를 넓혔다. 등칡도 꽃이다. 꽃을 넘어선 꽃이다.

남도의 붉은 정열

동백나무

정열의 꽃! 이글이글 붉게 타오르는 원색의 꽃! 동백나무는 그렇게 표현된다. 화려하고 강렬하기로 따지면 동백꽃만한 것도 없다. 동백나무의 반질거리는 잎과 화려한 색감의 붉은 꽃은 겨울의 흰 눈과 대비되어 더욱 극적이다. 모노톤 일색인 겨울 풍경 속에서도 식지 않는 열정을 꽃으로 피워낸다. 빠르게는 11월부터 시작해서 늦게는 4월말까지 동백꽃은 그치지 않고 붉은 숨을 토해낸다. 남쪽 섬 지역에서는 한겨울에도 눈을 맞으며 피어난다.

동백나무는 곤충의 활동이 적은 겨울을 택해 꽃봉오리를 열기 때문에 추위에 약한 곤충보다는 작은 새를 꽃가루받이에 이용한다. 동백나무의 꽃이 크고 붉은 것도 새들의 눈에 잘 띄기 위해서다. 꽃 안쪽에 꿀까지 발라두었기에 그걸 먹으러 온 새들의 이마에는 자연스레 꽃가루가 묻게 되고 이꽃 저꽃으로 옮겨 다니면서 꽃가루받이를 해주게 된다. 그래서 동백나무의 노란 꽃가루를 이마에 잔뜩 묻힌 채 꿀을 따먹는 새들의 모습을 볼 수 있다.

동백나무의 꽃가루받이를 담당하는 가장 잘 알려진 조력자는 단

머귀나무 위의 동박새

연 동박새다. 이름부터가 동백꽃에서 유래된 새다. 동박새는 나뭇가지나 꽃에 앉아 꿀을 잘 먹을 수 있게끔 작은 체구를 가졌다. 눈 주위에 하얀 테두리가 둘러쳐져 있는 모습이 앵무새처럼 앙증맞다. 워낙 재빨라서 여간해서는 구경하기가 쉽지 않지만 '삐이삐이' 하는 소리에 집중하고 기다리면 한꺼번에 날아왔다가 한꺼번에 날아가는 모습을 볼 수 있다.

남부지방이 고향인 사람들은 동백나무 이야기를 하면 동박새처럼 동백꽃을 빨아먹던 유년시절의 추억을 말한다. 꽃을 통째로 따서 뒤꽁무니를 빨면 달착지근한 맛이 난다면서 쩝쩝 입맛을 다시기도 한다. 동박새만큼이나 작고 어린 동심이다. 파란 하늘, 파란 바다와 대비되어 선연한 붉은빛으로 피어나는 동백꽃은 남도의 겨울부터 봄까지의 기억을 아름답게 추억하게 한다.

안 그래도 아름다운 남도의 겨울꽃! 동백나무에게 과연 겨울이 있기나 한 걸까? 봄이 언제부터 시작이냐고 묻는 것은 어리석은 질문일 수도 있다. 동백나무의 봄은 겨울부터 시작이니까.

자연이 만든 부케

백서향

곶자왈이 있어 제주 숲은 보물창고로 통한다. 곶자왈은 다양한 식물과 암석이 뒤섞여 수풀을 이룬 곳을 일컫는 제주도 말이다. 지하수의 함량이 높고 숲 내부에 독특한 미기후^{microclimate}를 형성하여 겨울에는 따뜻하고 여름에는 시원하다. 그래서 양치식물이 많고, 남방계 식물과 북방계 식물이 한데 어울려 살아가는 공존의 생활터가 되어준다. 한마디로, 다양한 식물상이 그 안에 담겨 있다.

그 중 가장 매력적인 보물은 백서향이다. 간혹 크게 자라기도 하지만 보통은 1미터 이하로 자라는 키 작은 나무로, 넓은 잎을 가졌으면서도 겨울에도 잎이 시들지 않는 늘푸른나무다. 다른 나무들은 겨울잠에서 깨어나지 못 해 잠투정이나 부리고 있을 시기에 백서향은 눈부시도록 새하얀 꽃을 피워놓고 진한 꿀 향기를 날린다. 백서향이 자라는 곶자왈 주변에 당도하면 코가 벌써 감지하고 발걸음을 이끈다. 진한 향기에 이끌려 얼마 가지 않아 당도한 곳은 방금 결혼식이 벌어진 듯하다. 신부가 뒤로 던진 부케 같은 꽃을 뭉텅이씩 손에 받아든 키 작은 나무가 바로 백서향이다. 상서로운 향기를 풍긴다는 뜻의 중국 나무인 서향瑞香이 보라색 꽃을 피우는데 비해 백서향은 흰색 꽃이 피기 때문에 그런 이름이 붙여졌다. 모르는 이들은 백서향 역시 중국에서 들여온 나무로 알지만 엄연히 우리 땅에서 살아온 우리 나무다.

백서향은 이른봄에 피는 나무꽃 중에서 가장 먼저 피는 나무로 대접받는다. 2월부터 피기 시작해서 4월 초까지 눈보다 하얗고 꿀보다 달콤한 꽃을 감상할 수 있다. 일찍 꽃피는 그 부지런함 때문에 열매도 일찍 맺는다. 다른 나무는 이제 막 꽃 좀 피워볼까 하고 꽃봉오리를 펼쳐 드는 5월에 백서향은 이미 커피 열매 같은 타원형 열매를 보석처럼 붉혀 놓는다. 루비를 닮은 붉은색 열매는 보석이라고밖에 표현할 도리가 없다. 그렇게 반짝반짝 빛을 내는 보석 같은 존재라면 어디서건 환영받는다. 제주 곶자왈의 숨은 보석, 백서향처럼.

알다가도 모를 미소

살구나무

바람에 흔들리는 살구나무 가지는 보는 이의 마음을 흔든다. 가장 많이 흔들리는 건 시인의 마음인지 시인들의 시 속에 살구나무가 곧잘 등장한다. 안도현 시인은 살구나무 어딘가에는 틀림없이 발전소가 있을 것이라고 얘기한다. 그렇지 않고서야 어떻게 그렇게 환한 꽃을 피울 수 있겠느냐고 한다. 그래, 그 환한 꽃전등에 불을 켜려면 몸 어딘가에 발전소가 하나쯤은 있어야 할 것 같다.

살구나무를 알기 전까지는 매실나무만 보인다. 매실나무나 살구나무나 다 같은 매실나무로 보이니까 그렇다. 빨간 매니큐어 바른 손톱처럼 생긴 꽃받침조각이 뒤로 활짝 젖혀지는 것이 살구나무라는 사실을 알게 되면 그 다음부터는 살구나무만 찾게 된다. 홍조紅潮를 띤다는 말이 그럴까? 연지곤지를 찍은 것처럼 꽃잎에 연한 홍색이 돌기에 매실나무보다 살구나무가 사람 마음을 더욱 잡아끈다.

꽃피기가 무섭게 살구나무는 바로 열매를 맺어버린다. 살구의 맛은 익살맞다. '익살맞다'가 아니고서는 살구의 맛을 제대로 표현

할 말이 없다. 한쪽 눈이 슬쩍 감길 정도로 첫맛은 새콤하지만 끝맛은 달콤하다. 열매 속의 새콤달콤한 맛이 스며들기까지 여러 날이 걸리진 않는다. 그런데 살구나무의 열매는 익기가 무섭게 땅에 떨어지기 시작한다. 비라도 세차게 내리면 나무에 달린 것보다 땅바닥에 떨어져 나뒹구는 것이 더 많을 지경이다. 공들여 맺은 열매이건만 낙과로 떠나보내는 것이 더 많다. 그 이후로 잎이 시들고 벌레에 제 몸을 내어주기도 하며 나무로서의 생을 포기한 듯 살아간다. 살구나무에 무슨 일이라도 생긴 걸까 싶지만 겨울 가고 봄바람 불면 또 언제 그랬냐는 듯 다시 홍조 띤 얼굴로 활짝 웃는다. 살구나무의 우울증에는 봄바람이 약인가 보다. 아무 일 없었다는 듯 말끔하게 피운 꽃에서 봄은 한 발 더 성큼 다가온다. 바람에 흔들리는 여심女心처럼 알다가도 모를 살구나무!

이승과 저승을 잇는 가지

초령목

귀신나무! 그렇게 들으면 참 요사스러운 나무인가 보다 하게 되지만 신령을 부르는 나무라고 하면 격이 좀 더 높은 나무로 들린다. 초령목招靈木이라는 이름은 남부지방에서 신령을 부르기 위해 신전에 이 나무의 가지를 놓았다는 데에서 유래되었다고 전해진다. 흑산도와 제주도에서 매우 드물게 자라는 진귀한 나무다. 흑산도의 것은 얼마 전에 고사하는 바람에 천연기념물에서 해제되었다. 다행히도 그 주변으로 어린 초령목이 자란다고 한다. 그 귀한 나무가 다 모여 있다는 제주도에서도 흔치 않은 나무인데 몇 해 전에 장마 때 휩쓸려 내려온 나무를 서귀포시 난대산림연구소로 옮겨놓았다. 쭉 뻗은 키가 10미터는 족히 넘는 큰 나무라 목을 빼고 올려다보아야 한다.

초령목은 목련과의 나무로, 목련이나 백목련과 형제뻘 되는 나무다. 생김새도 많이 닮았다. 봄기운이 바닷바람에 묻혀오는 때면 초령목은 목련보다 먼저 꽃봉오리를 연다. 꽃은 형제들에 비해 좀 작고 귀여우며 안쪽에 붉은색이 살짝 돈다. 미약하나마 은은한 향기도 풍긴다. 특별한 의미가 부여된 탓에 신령스러운 느낌이 들기

도 한다. 귀신나무라는 이름은 잘못 알려진 것이고 신과 영혼을 부르는 나무라고 하는 것이 옳다.

사람에게 영혼이 있을 것이라는 생각은 아주 오랜 고대시대부터 시작된 것이라고 한다. 육신은 썩어 없어져도 영혼이 남아 산 자와 교감하는 것으로 믿었다. 몸을 떠나간 혼이 정말 초령목 가지 끝에 붙들려올까? 하늘 가까운 곳으로 가지를 벋으며 자라는 나무이기에 그런 믿음이 생겨난 모양이다. 믿음이 있어 영혼과의 접촉이 가능한 건지도 모른다. 가신 님도 불러오는 이승과 저승 사이의 꽃나무, 초령목.

척박함을 이겨낸 우리의 민족꽃

진달래

진달래와 우리 민족은 떼려야 뗄 수 없는 관계다. 한때나마 나라꽃의 지위를 얻을 뻔한 것만 보아도 그렇다. 논의 당시에는 북한의 나라꽃이 진달래여서 무궁화가 선택되었다 하니 진달래가 무궁화와 견줄 만한 자격을 갖춘 나무인 것만은 틀림없어 보인다.

예로부터 삼짇날(음력 3월 3일)이면 진달래꽃을 따서 화전을 부쳐 먹으며 놀았다. 그렇게 먹을 수 있는 꽃이라 하여 진달래를 참꽃이라 불렀다. 어느 것에서나 '참'자가 붙었다 하면 가장 좋고 됨됨이가 바른 것을 나타내었으니 진달래 또한 성품 좋은 나무로 인정했음을 알 수 있다. 진달래는 두견새에 얽힌 전설 때문에 두견화杜鵑花라고도 하며, 진달래꽃으로 담근 술을 두견주杜鵑酒라고 하였다. 그 밖에도 여러 가지 전설과 사연을 갖고 있다. 그럴 수 있는 이유는 진달래가 서민의 발 닿는 곳에서 함께 살아온 꽃이기 때문이다. 김소월의 시뿐만 아니라 여인네들이 즐겨 입던 연분홍 치마만 봐도 진달래가 우리 민족의 정서와 얼마나 밀접히 닿아 있는지 알 수 있다.

무엇보다 진달래는 우리 민족의 곁에서 우리의 산하를 지켜왔다.

비옥한 땅보다는 척박한 산성 토양을 제 자리로 여기고 자라면서 전쟁과 수탈로 피폐해진 우리 땅을 봄이면 울긋불긋 수놓아주었다. 들어가기를 꺼려하는 소나무 밭에 들어가 자라는 것도 진달래다. 그 모습이 마치 척박한 곳을 일구며 살아가는 이들의 모습을 닮았다.

나무가 제법 울창하게 자란 지금의 숲에서는 다소 밀려나 있는 모습이다. 그러나 우리 민족의 정서에서조차 멀어진 건 아니다. 여기서 세월이 더 흐르고 시대가 달라진다 한들 무엇이 바뀔까? 민족성이 변치 않는 한 진달래도 영원하다. 산성화된 흙에서도 끄떡없이 살아온, 진달래는 우리의 민족꽃이다.

고집스레 큰 꽃

목련

목련木蓮은 나무에 핀 연꽃이라는 뜻이다. 키 큰 나무가 달고 있기에는 약간 부담스러울 정도로 크다. 물 위에서 피는 연꽃이야 커도 괜찮지만 큰 나무가 연꽃만한 꽃을 달고 산다는 건 스스로도 여간 부담스럽지 않을 것이다. 큰 나무일수록 꽃은 잘게 여러 개로 나누어서 피거늘 목련만큼은 유독 하나의 큼지막한 꽃을 고수한다. 목련이 그렇게 큰 꽃을 만드는 까닭을 찾자면 아주 오랜 옛날로 거슬러 올라가야 한다.

지구상에 출현한 동식물이 지금처럼 많지 않았던 시절에는 곤충의 몸집이 지금의 새만큼이나 컸다. 그 시기부터 이미 목련의 조상뻘 되는 나무들이 살아가고 있었다. 나무가 유혹해야 할 곤충의 덩치가 컸던 만큼 꽃도 당연히 크게 만들어야 했기에 목련의 조상들은 다른 나무들처럼 커다란 식탁 같은 꽃을 준비해야 했다. 그 후로 진화의 과정을 거치면서 곤충들은 모두 지금처럼 작아졌고 대부분의 꽃들도 그만큼 작게 변했다. 그런데 어찌된 일인지 목련만은 그 옛날의 원시적인 형태에서 크게 변하지 않았다. 고집스럽게

자기 스타일을 지켜온 목련에게서 원시성이 느껴지는 것도 그런 이유다. 왜 그래야만 했을까? 변하지 않으려는 걸까? 아니면 변하지 못 하는 걸까?

사실 나무에게 있어 필요 이상의 커다란 꽃을 만든다는 건 경제성의 원리에 맞지 않는다. 최소한의 비용으로 최대한의 효과를 얻어야 생존의 확률이 높아진다. 어찌 보면 진화를 게을리한 결과 같지만 목련에게는 충분한 변명거리가 있다. 다른 나무들이 작은 꽃을 피울 때 혼자서 큰 꽃을 피운다면 독보적일 수 있다는 것이다. 세상의 모든 나무들이 큰 꽃을 만든다면 지금의 목련은 별 의미가 없겠지만 다른 작은 꽃들 사이에서 혼자 큰 꽃으로 남았기에 오히려 곤충의 눈에 잘 띄어서 유리하다. 게다가 좋은 향기를 잃지 않고 풍기니 고집스레 큰 꽃을 만든다고 해서 타박할 이유는 하나도 없다.

끊임없이 변모하는 이들 사이에서 자신만의 것을 끝까지 고수하는 일도 쉽지만은 않은 일이다. 어떻게 살아가건 다 그 나름의 생각하는 바가 있어서 그러는 것이 아니겠냐는 듯, 목련은 해를 거르지 않고 환한 꽃을 피운다. 남들보다 큰 꽃을 만들기 위해 더욱 분주히 움직이면서.

가장 한국적인 노란색

개나리

노란색은 기본적으로 태양빛에서 기인한다. 따뜻함에서 파생되는 느낌들은 그래서 긍정적인 경우가 많다. 반면에 노란색은 삼원색 중 가장 섞이기 쉬운 색이다. 그래서 다른 색과의 배색이나 혼색에서 부정적인 색조를 띠기 쉽다. 이런 이유로 노란색은 그 어떤 색보다 두드러진 양면성을 지닌다. 따뜻함과 광기, 친절과 분노, 건강함과 변질, 고귀함과 천박함 등이 그것이다. 태양을 따르는 식물 세계에서는 다른 색과 섞이지 않은 1차색으로 나타나는 경우가 많으므로 긍정적 의미의 노란색 꽃으로 발현된다. 노란색이 사계절 중 봄에 잘 어울리는 이유도 거기에 있다.

가장 봄다운 빛깔을 두르고 선 우리 땅의 노란색 꽃은 단연 개나리다. 그런데 주변에 너무나도 흔한 개나리에 대해서 제대로 알고 있는 사람은 얼마 되지 않는다. 전문가라 할지라도 개나리의 생활상에 대해 잘못 알고 있는 경우가 적지 않다. 예를 들어 개나리가 암꽃과 수꽃이 따로 피는 암수딴그루라고 하는 것만 해도 그렇다. 개나리는 암꽃과 수꽃이 피는 것이 아니라 암술의 위치에 따라 장

주화와 단주화라는 개념의 꽃이 핀다. 암술의 위치가 수술보다 높으면 장주화, 낮으면 단주화라고 한다. 그것이 마치 암꽃이나 수꽃처럼 보일 뿐 둘 다 생식능력을 갖춘 꽃이고 열매도 맺는다.

개나리는 'Forsythia koreana'라는 학명에서도 알 수 있듯이 우리

나라가 원산지인 나무다. 그런데 참 아이러니하게도 우리나라에 마땅한 자생지가 없다. 혹시 북녘 땅에는 자라고 있을지 모르겠으나 그쪽 사정을 알 수는 없는 노릇이고, 남한의 것들은 모두 산개나리나 만리화 종류다. 담장에 기대어 활짝 핀 노란색 꽃을 보고 "와, 여기 개나리가 만발했네!" 하고 감탄하지만 그것이 진짜 개나리라고 단정할 수 없는 이유가 거기에 있다. 개나리의 유사종이나 재배품종을 많이 들여와 심는 요즘은 어느 것이 진짜 개나리인지도 모르고 감상한다. 자생종이 아니라 심어 기르는 것일수록 정체성은 더욱 불분명하니 개나리 비슷한 꽃나무를 가리켜 그냥 개나리려니 하고 즐긴다고 보면 맞다.

그런데 최근에 경상북도 청송군에서 자생하는 개나리를 12개체 발견했다는 소식이 들려왔다. 12개체뿐인 것이 좀 아쉽긴 해도 만약 그것이 사실이라면 한국특산나무로서의 개나리의 자존심을 상당 부분 회복시켜주는 일일 것이다. 개나리가 진달래와 함께 우리의 봄 들녘을 아름답게 장식해온 나무라는 사실을 힘주어 말할 수 있게 되었다. 다른 곳은 몰라도 국립수목원과 홍릉수목원에 심어진 개나리는 진짜 개나리일 가능성이 높으니 가서 마음껏 감상하고 우리 꽃나무라는 사실에 자부심을 느껴보자. 개나리의 노란색은 가장 한국적인 노란색이다.

제 높이로 자라는 나무

돌배나무

사람 가까운 곳에 심어진 나무는 사람에게 필요한 쓰임새를 가졌기 마련이다. 과수원에 줄지어 심어진 배나무도 그러하다. 맛 좋고 굵직한 열매를 달아놓지만 그건 배나무의 열매가 아니라 사람의 열매가 되고, 손쉽게 따내기 위해 배나무는 사람 키에 맞춰 적당한 높이로 전정 당한다. 사람이 주는 대로 먹고 자라는 배나무에게 꿈이 있을 리 없으니 양계장의 산란계와 무엇이 다를까?

배나무가 사람 가까운 곳에 심어지기 전까지는 야생의 돌배나무였다. 탁구공보다 작고 퍽퍽하고 텁텁한 맛의 돌배를 가져다가 사람들은 큼지막하고 단물 뚝뚝 떨어지는 과일로 바꿔놓았다. 그러나 과수원 밖의 돌배나무는 다르다. 손에 쥔 열매는 사람에게 줄 것을 생각하고 만든 것이 아니기에 작고 퍽퍽하다 해도 스스로 만족하고, 제 분신을 품은 자식으로 온전히 길러낸다. 돌배라고 부를지 몰라도 제 키에 맞는 열매기에 큰 열매를 달 필요는 없다. 아무도 돌배나무의 자람을 방해하거나 제한하려 들지 않기에 10미터나 되는 커다란 키로 서서 높은 하늘의 자유로움을 맘껏 누린다. 나무

가 그렇게 욕심껏 가지를 펼쳐내고 맘껏 제 높이로 자랄 수 있다는 것만큼 행복한 것도 없다. 사람을 위해서든 누구를 위해서든 남을 위한 삶을 살아가야 한다면, 그래서 억누를 수밖에 없는 것이 많다면 행복은 손에서 멀다.

자유로이 꿈꾸는 행복한 나무의 열매는 텁텁해도 꿀맛이다.

북부지방의 강건한 버드나무

황철나무

누가 나무에게 이런 이름을 지어주었을까? 황철목^{黃鐵木}이라고도 하는 황철나무는 '철'과 '나무'가 결합되어 상당히 강력한 느낌을 준다. 대체 어떤 나무이기에 철 같을까 싶지만 사실 황철나무는 목재가 가볍고 연해서 상자나 펄프를 만드는 데에나 쓰는 나무다. 키가 큰 나무치고는 물기 많은 냇가 근처에서 자라서 그 속은 철에서 멀다. 강원 이북에서 자라는 나무라 그리 흔한 건 아니지만 창경궁의 관천대 근처와 홍릉수목원의 약용식물원 주변, 그리고 국립수목원의 수생식물원과 서울대학교 관악수목원에도 심어져 있어서 마음만 먹는다면 얼마든지 그 장대한 모습을 볼 수 있다. 야생에서 보고 싶다면 오대산 쪽을 찾아가면 된다. 표를 끊고 상원사 쪽으로 들어가다 보면 길과 우측의 계곡 사이에 간간이 서 있는 키 큰 나무가 바로 황철나무다. 상원사 쪽에 다다라서는 주차장으로 건너가는 다리 주변에서 자라는 것을 볼 수 있다. 팻말에는 물황철나무라고 되어 있지만 황철나무와 물황철나무는 구별하기 어려워 같은 나무로 보는 것이 일반적이다.

황철나무는 버드나무과의 나무이므로 버드나무 비슷하다고 생각하면 된다. 버드나무 종류들은 대개 길쭉한 잎을 가진 데 비해 황철나무는 감나무의 잎처럼 크고 넓적한 잎을 가진 점이 다르다. 휘청거리는 버드나무 종류에 비해 황철나무는 곧게 뻗어 올라간 수형을 지닌 점도 다르다. 4월 무렵이면 아래를 향해 꼬리처럼 치렁치렁 늘어진 꽃을 피우고 5월이면 암나무마다 새하얀 털로 된 뭉실뭉실한 열매를 터뜨려 바람에 날린다. 그 시기가 되면 홍릉수목원 같은 곳은 온통 황철나무가 날리는 털로 뒤덮인다. 사람 건강에 그리 좋은 건 아니지만 워낙 손닿지 않는 높이의 큰 나무라 어쩔

수가 없다. 홍릉수목원의 또 다른 곳에도 황철나무가 있는데, 그 곳에 황철나무가 있는지도 모르고 지나가다가 무심코 돌아봤을 때 적잖이 놀랐던 기억이 있다. 가까이서 본 황철나무의 열매가 상당히 큰 편이라 커다란 벌레가 나무를 뒤덮은 줄 알았다. 손닿는 곳에 있어서 황철나무의 자세한 면모를 들여다볼 수 있었는데, 하얀 잎 뒷면으로 향기 나는 노란 액체가 흘러내린 자국이 보였다. 황철나무라는 이름의 '황黃'자가 거기서 온 게 아닐까 싶었다. 손에 묻으니 끈적거려서 잘 떨어지지 않았고 향기가 매우 진했다. 나중에 알고 보니 겨울눈(겨울을 견디고 봄에 틔울 싹을 미리 준비해두는 조직)도 그렇게 끈적끈적한 물질로 덮여 있었다.

중국 쪽의 깊은 산 계곡 주변으로 들어서면 어느 순간 특이한 향기가 몰려올 때가 있다. 황철나무한테서 나는 향기임을 직감하고 주변을 둘러보면 반드시 커다란 황철나무가 눈에 들어온다. 북부지방에는 비교적 흔한 나무라 그렇게 쉽게 찾아진다. 미루나무나 양버들처럼 가로수로도 심어놓은 것은 나무껍질이 훤히 드러난다. 유심히 들여다보면 처음에는 마름모 모양의 껍질눈이 나타나지만 나이가 들어갈수록 점점 세로로 깊게 팬다는 것을 알 수 있다. 수목원 것보다 훨씬 더 건강한 북부지방의 황철나무는 철만큼이나 강건한 나무라는 느낌을 준다. 제 자리에서 맘껏 자라는 나무가 역시 건강하다.

가거도의 숨은 꽃나무

푸른가막살

가막살나무는 흔해빠진 나무다. 봄이면 숲속에서 구수한 꿀 향기가 나는 흰색 꽃을 손에 들고 있지만 볼품은 없어서 별다른 관심을 받지는 못 하는 지극히 평범한 나무다. 겨울이면 일반적인 낙엽수들처럼 모든 잎을 내려놓고 겨울눈만 남긴 채 앙상한 나뭇가지로 겨울을 버티는데, 그 줄기와 가지의 색이 가무잡잡해서 가막살나무라고 한다.

그런데 최근에 겨울에도 잎이 떨어지지 않는 상록성의 가막살나무가 발견되어 '푸른가막살'이라는 이름이 붙여졌다. 장소는 우리나라 최서남단에 뚝 떨어져 자리한 가거도! 상록성 나무답게 반짝반짝 광택이 나는 잎을 달고 산다는 이야기를 들으니 아무리 먼 곳이라도 실물을 직접 보고 싶은 마음에 기어이 짐을 꾸려 떠났다. 눈꺼풀을 덮는 졸음과 사투를 벌이며 3시간 30분 넘게 밤길을 운전해서 목포항에 도착했다. 부족한 잠을 대합실 한 귀퉁이에서 쪽잠으로 때우고 8시 10분 배에 몸을 옮겨 실었다.

흑산도를 포함해 크고 작은 섬을 차례로 들른 배는 4시간 만에

가거도항으로 미끄러져 들어갔다. 바다가 잔잔한 편이어서 울렁거림 같은 건 없었지만 한 자리에 너무 오래 쭈그리고 있던 터라 얼른 밖으로 나가고 싶었다. 배 밖으로 나오자 눈앞에 시원스레 펼쳐지는 바위섬 풍경에 넋을 잃고 말았다. 정말 식상한 표현이지만 한 폭의 그림 같다는 말 말고는 표현할 방법이 없었다. 한창 셔터를 누르고 있는데 예약해놓은 민박집 사장님께서 알아보시고는 함께 가자고 하셨다. 함께 점심을 들면서 말씀을 들으니 가거도에서는 푸른가막살을 '찔구나무'라고 부른단다. 가거도에서는 하도 흔해서 쉽게 보인다며 섬을 찾는 등산객들을 위해 만들었다는 등산로를 따라 독실산으로 올라갈 것을 권유하셨다.

혼자 보기에 아까운 바다 경치를 등에 지고 산을 오르기를 1시간 정도 했을까? 참기름을 발라놓은 듯 반질거리는 잎이 낯선 방문자를 미소 짓게 했다. 처음 보는 푸른가막살의 잎이었다. 어쩜 이렇게 근사한 잎을 가졌을까? 잎에 두른 반질거리는 왁스층 때문에 겨울도 문제없어 보이는, 그 생기 있게 반짝이는 잎이 마냥 좋았다. 꽃은 없었지만 잎만으로도 좋은 나무였다. 좀 더 발품을 팔다 보니 왜 이제 왔느냐며 구수한 꿀 향기를 날리는 푸른가막살의 꽃과 만나게 되었다. 이걸 보기 위해 이동시간만 7시간 30분이 넘는 거리를 왔구나 하면서 얼싸안았다. 거친 가막살나무와는 느낌부터가 달랐다. 이토록 넓은 잎을 갖고 겨울을 푸릇하게 살아간다니 그

생기발랄함에 매료되지 않을 수 없었다.

그런데 참 흥미롭게도 가거도에는 가막살나무와 푸른가막살이 함께 살아가는 것이 관찰되었다. 대개의 나무들은 상록수만 있든지 낙엽수만 있든지 하는데 가거도의 가막살나무는 낙엽수와 상록수가 공존하는 셈이다. 그렇다면 이곳에서 원래 살아가던 가막살나무가 상록성으로 체질을 바꾼 것은 아닐까? 평범한 낙엽수로서의 가막살나무이기를 거부하고 겨울에도 싱싱한 잎을 달고 싶어서 상록수로 살기로 작정한 녀석이 있었던 모양이다. 낙엽을 떨어뜨리고 살건 푸른 잎을 달고 살건 아무도 알아주지 않는 외따로 떨어진 섬에서 그토록 열심히 진화하는 나무가 있다고 생각하니 양귀자 님의 소설 《숨은 꽃》이 떠올랐다. 아무도 들여다보지 않고 아무도 알아주지 않는 곳에서도 그렇게 열심히 살아가는 자들은 모두 숨은 꽃이다. 자신에게 주어진 삶의 몫을 충분히 이행하면서 보다 나은 삶을 위해 끊임없이 노력하고 진화를 게을리하지 않는 자세로 서 있는 푸른가막살이 위대해 보였다. 외진 곳이지만 푸른 섬에서 좀 더 많은 날을 푸르게 살고 싶어 푸른가막살로의 진화를 택한 그들에게서 자신을 변화시키려는 굳은 결의가 느껴졌다.

시원스런 섬 풍경에 반해 시간 가는 줄 모르다가 저녁쯤이 되어서야 산을 내려왔다. 음식 솜씨 좋은 민박집 사모님께 늦은 저녁을 얻어먹고 있는데 유치원 다닌다는 막둥이가 다가왔다. 눈치를 보며 손가락을 꼬물꼬물하더니 손님상에 오른 열기(불볼락) 구이를 도둑고양이처럼 손톱으로 조금씩 뜯어먹었다. 그 모습이 어찌나 귀여운지 웃음이 절로 났다. "애가 원래 이러질 않는데……"하며 사모님은 막둥이를 앉혀놓고 아예 저녁을 먹었다. 그렇게 막둥이와 겸상하고 있는데 친구 분과 거나하게 한잔 걸친 사장님이 들어왔다. 호탕한 웃음과 함께 술을 몇 잔 더 털어 넣으시더니 가거도 사람으로서의 삶에 대한 진솔하고 허심탄회한 이야기를 늘어놓으셨다. 그나마 지금은 방송에도 소개되고 하면서 사정이 좀 나아졌지만 옛날에는 정말 사람 살기 어려운 섬이었다고 하면서…….

이튿날, 아침을 먹기 위해 모였는데 보니 이 민박집에는 막둥이 말고 초등학교 6학년 정도 되어 보이는 예쁜 딸과 고등학생 정도로 보이는 잘생긴 아들까지 있었다. 자식 농사 하나는 참 잘 지어놓으셨구나 싶었다. 학교 가기 전에 다섯 식구가 모두 모여 열심히 제 몫의 숟가락질을 하며 아침을 함께하는 풍경이 그리 좋을 수가 없었다.

자투리 시간을 이용해서 섬을 좀 더 돌아보니 어딜 가나 푸른가막살이 반짝거렸다. 맑던 전날과 달리 심상치 않은 바람이 능선을 넘어 불어댔다. 1시 출발 배에 맞춰 항구로 내려와서는 민박집 사장님 부부께 작별 인사를 건네러 갔다. 수족관으로 들어오는 물고기 받으랴, 손님께 대접할 회 뜨랴, 두 분 모두 바쁜 가운데 겨우겨

우 인사를 받으셨다. 다음에 또 올 것을 약속드리며 배 쪽으로 발
걸음을 옮겼다. 아무도 알아주지 않는 곳에서도 모두들 그렇게 열
심히 살아가고 있었구나! 자신들의 주어진 몫을 살아내느라 열심
이었구나! 들여다보는 이 없어도 반짝반짝 빛을 내며 푸른 잎처럼

살고 있었구나! 떠나는 배 안에서 그런 생각을 하자니 또 다른 푸른가막살이 눈에 보이는 것이었다.

숲의 연출자

참나무

참나무는 우리나라에 셀 수 없이 많으면서 한 그루도 없는 나무다. 이런 말장난이 가능한 이유는 참나무가 특정한 나무를 가리키는 말이 아니라 도토리가 열리는 나무를 모두 합쳐 부르는 말이기 때문이다. 떡갈나무, 신갈나무, 상수리나무, 굴참나무, 갈참나무, 졸참나무 같은 것이 모두 참나무다. '참'자 붙은 것치고 나쁜 것이 없듯이 참나무는 식용 가능한 열매를 가졌고, 그 외에도 쓸모가 참 많은 나무다.

사람도 사람이지만 특히 다람쥐에게 있어서 참나무는 식량 창고나 다름없다. 떫은맛이 나는 도토리를 다람쥐라고 해서 좋아할 리 없지만 매일같이 호두나 잣을 먹을 수는 없는 노릇이기에 아쉬운 대로 전분이 많이 들어 있는 도토리라도 먹어두어야 든든히 겨울 잠에 들 수 있다. 다람쥐는 도토리를 비상식량처럼 저장하는 습관이 있어서 당장 먹지 않고 숲속 이곳저곳에 묻어둔다. 땅속에의 저장은 자칫 다른 경쟁자에게 빼앗길 수도 있는 일인데도 그런 행동을 한다. 혹시 그렇게 하면 도토리의 쓴맛이 조금이라도 빠지는 것이 아닐까? 정확한 이유를 참나무는 알고 있을지 모르겠으나 다람쥐가 식량을 저장하는 습성을 가진 것만큼은 분명하다.

참나무의 연출은 거기서부터 시작된다. 다람쥐가 숨긴 장소를 일일이 다 기억하지 못 한 채 서둘러 겨울잠에 들어가 버리면 땅속에 묻혀 있던 도토리에게 기회가 온다. 이듬해 봄에 뿌리를 내리고 싹을 틔워 커다란 나무로 자라 숲의 점령자가 될 절호의 찬스를 얻는다. 다람쥐의 건망증이 참나무의 번식을 돕는 셈이다. 다람쥐가 참나무를 이용하는 걸까, 참나무가 다람쥐를 이용하는 걸까? 준 사람과 받은 사람 중 누가 더 우위에 있는 건가를 안다면 답은 나온다. 처음에는 받은 사람이 위에 있는 것 같지만 결국 준 사람의 뜻대로 움직이게 되어 있다. 언뜻 다람쥐가 주인공 같은 숲의 연극은 모두 참나무의 연출로 이루어진다. 숲은 점점 참나무 세상이 되어간다.

생명의 축제

땅이 녹는다. 얼었던 물이 다시 물로 되는 순간이다. 눈과 얼음이 물로 변하면 움직임을 갖는다. 자유로운 움직임은 곧 에너지다.

처음에는 물기로 시작한다. 물기와 물기와 물기가 모여 물이 된다. 자유로움을 얻은 물은 에너지를 갖고 움직이려 한다. 그래서 봄은 계곡에서부터 시작된다. 단단히 굳어 있던 땅도 물기로 질척이면서 숨을 쉰다. 숨을 쉬면서 주변의 얼음을 다시 물로 녹여내고 물과 물과 물이 모여 흐름을 가진 덩어리가 되면 더 큰 자유로움과 에너지를 갖고 이곳저곳으로 이동한다. 얼음장 밑으로 쫄쫄쫄쫄 계곡물 풀려나가는 소리가 들린다. 그것은 곧 생명의 기척이다. 계곡의 몸통은 큰 기지개를 켜고 오랜 잠에서 깨어난다.

겨우내 무감각해질 대로 무감각해진 뿌리로도 물기가 스민다. 흙이 부드러워질수록 물들이 이동할 공간이 확보되고 뿌리의 솜털은 어둠 속을 더듬으며 나아가 잠이 덜 깬 몸속으로 물을 길어 올린다. 물이 가진 자유로운 기운은 겨우내 웅크렸던 나무의 가지 끝까지 전달되어 세포 하나하나를 깨운다. 지상의 모든 것들이 정지

지리산

해 있는 것 같은 동안에도 나무의 뿌리는 쉴 새 없이 겨울의 한기 어린 물을 빨아들여 몸 곳곳으로 실어 나른다. 물의 이동이 활발해질수록 나무의 몸은 빨리 깨어난다. 마른 몸속으로 치고 올라온 물의 압력은 가지를 탱탱하게 부풀리고 급기야 겨울눈의 껍질마저 툭툭 밀어낸다. 소리 없이 진행되는 암중모의에는 봄이라는 대전제가 깔려 있다. 모노톤 일색이던 세상에 선보이는 연초록빛 새순들은 물기로 충만하다. 그것으로 겨울이라는 인고의 시간과도 안녕이다. 물은 이제 기화되어 잎에서 공중으로 분산된다. 분산된 기운은 먼 산의 아지랑이가 되어 피어오른다. 땅에서 공중까지 물의 기운이 날아오르니 모두가 기다리던 봄이다. 생명이여, 솟아올라라! 축제는 이미 시작되었다.

빛을 향해

계절이 봄에서 여름으로 옮겨간대도 키 큰 나무들은 서두를 일 하나 없다. 급한 건 키 작은 나무들이다. 키 큰 나무들이 넓은 잎을 내어 숲으로 비쳐드는 빛을 막아 그늘을 드리우기 전에 어서 빨리 제몫의 빛을 챙겨두어야 한다. 태생적으로 키가 작은 나무들은 잎은 나중 일이고 우선 급한 대로 꽃부터 피우고 본다. 개나리, 미선나무, 생강나무 같은 나무들은 무조건 꽃눈부터 열고 본다. 아름다운 꽃으로도 부족하다 싶으면 좋은 향기까지 머금고 자신의 존재를 알리는 일에 열중한다. 기온의 변화에 촉각을 곤두세우고 급박하게 돌아가는 바깥 사정에 민감하게 반응한다. 그 다음에 잎눈을 열고 연초록빛 새순을 내어 빛을 받아들이기 시작한다.

키 작은 나무들이 꽃잎을 떨어뜨리고 잎을 내어 열매에 치중할 때 키가 큰 나무들은 그제야 잎을 내고 꽃필 날을 잡아본다. 자신보다 더 큰 나무가 얼마 없기에 모든 일은 순조롭게 진행된다. 늑장을 부려도 좋을 만큼 키 큰 나무들은 한결 여유롭다. 키 큰 나무라도 어린 나무의 사정은 조금 다르다. 일조권의 확보를 위해 어

린 나무들은 어떻게든 성장에 치중한다. 옆으로 몸집을 불리는 일은 나중 일이다. 수평으로의 불림 대신 수직으로의 자람을 택한다. 그래서 얇지만 넓은 잎을 내어 태양열 집열판처럼 빛과 닿는 표면적이 최대한 넓은 잎을 내어 한 점 떨어지는 빛도 놓칠세라 잡아낸다. 경쟁적으로 키를 높이는 일이야말로 어린 나무가 추구하는 최고의 가치다.

어른이 되어 키가 다 크고 나면 점점 가지를 수평으로 벋는다. 그러면서 두껍고 날렵한 잎으로 바꿔 달기 시작한다. 그래야 바람이 불어도 잎끼리 부대끼는 일이 없다. 만약 그때까지도 큰 잎을 고수한다면 얇고 넓은 잎은 천재지변에 찢기고 떨어진다. 적은 수의 직원이 다방면의 일처리를 하던 중소기업도 어느 정도 성장하면 직원 수를 늘리고 전문화해서 몸집을 불리려는 것과 비슷한 이치다.

이 모든 것은 숲의 질서에 따른다. 그 질서체계는 빛이라는 욕망의 대상에 함수처럼 반응한다. 빛을 받아야 나무가 자라고 경쟁에서 이길 수 있다. 빛을 놓치면 경쟁에서 지고 도태되고 만다. 봄에서 여름으로 치닫는 숲은 점점 숨 가쁘게 돌아간다.

여름

여름은 치열한 경쟁과 성장의 시간이다. 나누어 갖기에는 부족한 빛을 향해 끝없이 탐닉의 손길을 뻗는다. 양보란 있을 수 없다. 빛을 차지하기 위한 나무들의 치열한 경쟁은 키를 높이려는 열망으로 나타난다. 봄이 누가 먼저 깨어나느냐의 싸움이라면 여름은 누가 먼저 키를 높이느냐의 싸움이다. 떨어지는 한 점 빛이라도 더 받아내기 위해 넓고 무성한 잎을 낸다. 그러면 숲은 점점 초록으로 뒤덮이고 경쟁이 더욱 치열해진다.

후끈 달아오른 몸을 식혀주기라도 하듯 달뜬 숲속으로 한바탕 비가 들이치기도 한다. 한 차례 격정의 시간이 지나고 나면 숲은 수척해진 몸을 뒤집는다. 얼마 지나지 않아 숲의 질서가 재편되면 빛을 향한 쟁탈전은 다시 뜨거워진다. 빛을 향해 욕망의 키를 한껏 드높인 나무들로 여름숲은 성장한다.

기고만장한 양반나무

능소화

조선시대 양반들은 아무리 급한 일이 닥쳐도 서두르지 않는 것을 미덕으로 여겼다. 어느 상황에서든 체통과 위신을 지켜야 한다고 생각했다. 그런 양반의 기질처럼 느긋한 나무가 있다. 남들은 다 잎을 내고 꽃을 피우고 하는데도 좀처럼 잎조차 내지 않는 능소화는 그래서 양반나무라고도 불린다. 덩굴나무이다 보니 붙음뿌리를 내어 다른 나무나 물체를 휘감고 오른다. 그런 후 주변 나무를 내려다보면서 나팔 모양의 주황색 꽃을 주렁주렁 매달아 아래로 늘어뜨린다. 화려한 건 둘째치고 하늘 높은 줄 모르고 올라가 다른 나무를 업신여기듯 피어난다. 오죽했으면 업신여길 '능凌'에 하늘 '소霄'자를 써서 능소화가 되었다. 양반들만 심는 나무라 해서 조선시대에는 양반 집에만 심었다 한다. 양반이 아닌 상민들 집에 능소화가 심어져 있으면 잡혀가 곤장을 맞았다는 기록도 있다고 한다. 그 정도로 능소화는 양반들의 허세를 표상하는 나무다.

사람의 신분을 사람이 정하던 때의 이야기 같지만 지금도 그런 식의 차별은 어느 사회에서든 존재한다. 신분의 장벽이 어느 정도

낮아지기는 했지만 수직적 구도의 층마저 허물지는 못 하는 것이 인간사회의 한계다. 윗자리에 오를수록 내려다보는 일에 익숙해지는 것도 사람을 능소화처럼 만든다. 남의 지위를 등에 업고 올라간 것이면서도 제 힘으로 올라간 것인 양 허세를 부린다. 커다란 권세라도 가진 사람처럼 으스대고 아랫사람을 깔보는 것은 윗사람의 도리가 아니다. 높은 지위에 오를수록 아랫사람의 어려운 사정을 굽어볼 줄 알아야 하는 것이 윗사람에게 필요한 덕목이다. 하늘 높은 줄 모르다간 큰코다친다. 기고만장해서 여름내 담장을 기어오르던 능소화도 끝내는 바닥에 꽃을 떨군다.

시련이 만든 줄기

모감주나무

태양의 고도가 하늘의 가장 높은 곳을 지날 때면 흰색 꽃 일색이던 숲에도 컬러풀한 꽃바람이 분다. 모감주나무의 노란색 꽃도 그 중 하나다. 노란색이라기보다 금색에 가깝다. 바람이 불면 노란 꽃가루를 날리며 땅바닥으로 후드득 떨어지는 작은 꽃들은 마치 황금비를 뿌리는 것 같다. 비와 바람이 한 차례 휘몰아치고 지나간 후에는 떨어진 꽃들로 바닥이 샛노랗게 뒤덮인다. 장마철에 즈음하여 피는 것과도 맞아떨어진다. 모감주나무가 연출하는 황금색 꽃비가 쏟아지는 낭만적인 길을 걸어보는 것도 좋다. 자잘한 노란색 꽃이 아름다워 길가나 공원 등지에서도 얼마든지 모감주나무를 볼 수 있다. 꽃 안쪽에 붉은색 무늬가 있는 것도 섞여 있어서 일제히 피어나면 장신구가 많이 달린 신라시대의 금관 같다. 태양빛의 뜨거운 입김은 모감주나무의 꽃 떨어진 자리마다 주머니 모양의 열매를 부풀린다. 세모난 봉투 모양의 열매 안에는 콩알처럼 생긴 까만 씨가 붙어 있다.

충남 태안군 안면도의 승언리 쪽 바닷가로 나아가면 천연기념물

제138호로 지정된 500여 그루의 모감주나무 군락을 만나게 된다. 전라남도 완도의 대문리 바닷가 쪽에도 모감주나무 군락지가 있다. 모감주나무는 그렇게 바닷가와 인접한 곳에서 군락으로 자라며 방풍림 구실을 한다. 방풍림은 바다에서 불어오는 거센 바람을 막아 그 배후에 있는 마을을 안전하게 지켜주는 완충지대 같은 역할을 한다. 모감주나무는 워낙 단단해서 웬만한 바람에 쓰러지지 않는다. 박달나무보다 단단한 줄기에서 많은 가지를 내어 서로의 어깨에 겯고 자신들의 안위와 마을의 안녕을 지켜낸다. 어쩌면 세찬 바닷바람이 모감주나무에게 더욱 단단한 줄기를 갖게 하는 것일 수도 있다. 해풍이 담금질하듯 만들어낸 모감주나무의 몸통은 그래서 더욱 견고하다. 큰 시련이 오더라도 두려워하지 말자. 지나고 나면 더욱 단단해진 나를 만날 테니까.

설악산 옥탑방에 살다

배암나무

온난화가 가속될수록 살길이 막막해지는 건 북방계식물이다. 그들은 좀 더 추운 곳을 찾아 좀 더 높은 산으로 옮겨가지 않으면 안 된다. 여름에도 시원해야 하기에 설악산의 높은 지대에다가 겨우 살 자리를 잡은 식물들이 많다. 쫓겨 갈 대로 쫓겨 간 자리에 배암나무도 그들만의 피신처를 마련했다. 북부지방에서는 길가에도 흔히 자라는 나무지만 설악산의 최고봉인 대청봉을 목전에 둔 곳까지 가서야 드문드문 볼 수 있다. 뱀처럼 소리 없이 슬그머니 나타나서 사람을 놀라게 하지는 않는다. 등산객으로 북적이는 설악산의 등산로 주변에서 피고 자라지만 그걸 모르고 지나치니 자신을 몰라주는 사람들을 외려 서운하게 여길지도 모른다.

배암나무는 한여름으로 향해 가는 시기에 즈음하여 핀다. 작은 흰색 꽃이 올망졸망 모여 피다 보니 알아보는 이가 적다. 한 송이의 지름이 1센티미터도 되지 않는다. 그렇게 소박하고 얌전하고 수수한 나무에 '배암나무'라는 이름은 어쩐지 좀 어울리지 않는다. 뱀처럼 징그럽거나 무섭기는커녕 귀엽고 앙증맞아서 입맞춤이라도

해주고픈 나무에 너무 어울리지 않는 이름을 붙여주었다. 대체 어느 부분이 뱀과 닮은 걸까 하고 눈여겨보면 한 군데가 짚인다. 세 갈래로 갈라진 잎의 모양이 뱀이 입을 벌릴 형상처럼 보인다. 가지가 길게 자라나는 특성도 이름 짓기에 한몫했을 것이다.

구름도 쉬어간다는 설악산에서 북쪽 식물인 배암나무가 자란다. 지구가 점점 더워질수록 그들은 좀 더 높은 곳으로 쫓겨 가지 않으면 안 된다. 살림살이가 점점 어려워져서 다락방이나 옥탑방으로 옮겨간 신세가 되었다. 이 넓은 지구상에 편히 제 몸 하나 누일 곳이 없다는 것보다 서러운 일이 있을까? 배암나무는 더 이상 쫓겨갈 곳조차 없다.

편 가름 없는 곳

박쥐나무

박쥐나무에는 수십 마리의 박쥐가 달린다. 살아 있는 박쥐는 아니고 날개를 펴고 날아가는 박쥐의 형상을 닮은 오각형의 잎이다. 그 잎이 다 자라 나무를 뒤덮으면 그 자체로도 한 마리의 거대한 박쥐 같다.

잎이 무성하게 자라나 그늘을 드리웠을 즈음에 잎을 들춰보면 진짜 박쥐처럼 매달리는 건 잎이 아니라 꽃이라는 사실을 알게 된다. 대롱대롱 거꾸로 매달린 듯한 꽃이야말로 천장에 매달린 박쥐 같다. 처음에는 빨대 모양으로 달린다. 그러다 흰색 꽃잎이 국수발처럼 하나씩 도르르 뒤로 말리면서 노란색 수술을 드러내면 특이한 귀걸이 모양의 꽃이 완성된다. 그러면 벌과 나비가 한꺼번에 날아들어 다툼을 벌이기도 한다. 박쥐나무의 꽃은 그렇게 사방으로 열린 꽃이다. 벌도 받아들이고 나비도 받아들이고, 어느 방향에서 누가 달려들든 괜찮다는 듯 그 모두를 순순히 받아들인다. 순한 향기에도 곤충들이 제법 날아와 윙윙거리는 것도 사방으로 열린 꽃이기 때문에 그렇다.

포유류이면서 조류의 모습을 가졌기에 박쥐는 흔히 이중첩자나 회색인 같은 이미지로 비유된다. 꼭 어느 쪽에 속해야 한다는 법은 없을진대 중립을 취하고 있다는 이유만으로 양쪽으로부터 눈흘김을 받는다. 성향을 갖지 않았을 뿐인데 어느 한쪽으로 치우친 성향을 가진 이들로부터 비난받는 건 이치에 맞지 않다.

박쥐나무도 마찬가지다. 양다리를 걸치고 사는 것도 아니요, 어느 한쪽으로 휩쓸리는 것도 아니다. 다만 사방으로 열린 꽃을 지향한다. 벌과 나비를 한꺼번에 받아들인다고 해서 박쥐나무를 나무랄 수는 없다. 편을 나누지 않으면 편 가름할 일도 없다. 박쥐나무는 어느 편도 아닌 꽃을 피운다.

가로수계의 팔방미인

백합나무

가로수도 자격 요건이 있다. 주어진 기후와 땅에 잘 맞아야 하고, 잎이 커서 그늘을 주어야 하며, 줄기가 곧아 공간을 많이 차지하지 않아야 한다. 또한 사람에게 해를 끼치지 않아야 하고, 병충해나 대기오염은 물론 열과 건조에도 강해야 하며, 가지치기를 견뎌낼 줄 알아야 한다. 이왕이면 다홍치마라고, 꽃이나 열매나 단풍이나 수형까지 아름다우면 더욱 좋다. 북미에서 들여온 백합나무는 가로수로서 갖춰야 할 조건을 모두 충족시키기에 우리나라의 길가에 많이 심어진다. 언제부턴가는 공원에서도 떡하니 한 자리씩 차지하기 시작했다. 백합나무가 지닌 아름다움이 공원수로서의 조건에도 부합되기 때문이다.

일단 백합나무는 새로 돋는 잎부터가 남다르다. 넓적한 잎이 처음에 돋을 때부터 넓게 펼쳐져 나오는 것이 아니다. 돌돌 말았다가 펴는 것도 아니고 반으로 딱 접힌 채 나온다. 그러던 것이 어느 순간 양쪽으로 펼쳐진다. 그러면 부채 같기도 하며 손가락 쪽을 툭 끊어낸 장갑 같기도 하다. 잎자루가 긴 편이어서 하늘에 띄워놓은

연 같기도 하다.

꽃은 꽃봉오리부터 특이하다. 때가 되면 큰 글씨용 붓처럼 생긴 굵고 뾰족한 초록색 꽃봉오리를 하나둘 손에 쥔다. 점차 벌어지면서 컵 모양의 황록색 꽃으로 피어나면 튤립이나 백합 같다. 안쪽에 주황색 무늬가 있어서 환한 빛이 비쳐들면 불 밝힌 연등 같다.

구체적인 형상에서 빌려온 듯한 잎이다 보니 노랗게 물드는 단풍도 이채롭다. 겨울해가 다 지도록 잎잎이 물들어 거리에 늘어선 모습이 아름답다.

겨울에는 촛대꽃이 모양으로 벌어지는 열매가 독특하다. 그 벌어지는 열매 안에는 날개 달린 씨가 있어서 바람에 불려 날아간다. 길을 걷다가 땅바닥에 잔뜩 떨어진 연필밥 같은 것을 줍게 된다면 고개를 들어보라. 커다란 백합나무가 내려다보고 있을 것이다. 잎에서 씨까지 아름다운 나무가 백합나무다. 사람으로 치면 얼굴부터 손톱 발톱까지 예쁜 셈이다.

이국적이긴 해도 다양한 아름다움을 갖고 있어서 백합나무는 어디서든 환영받는다. 어디 하나 빠지는 데가 없다. 가로수계의 팔방미인이다.

곧고 푸른 선비의 기운

벽오동

벽오동 심은 뜻은 봉황을 보렸더니
내 심은 탓인지 기다려도 오지 않고
무심한 일편명월이 빈 가지에 걸렸더라

벽오동 하면 조선 후기의 작자미상의 이 시를 떠올린다. 봉황이 날아든다고 믿을 정도로 벽오동은 곧고 깨끗하고 푸른 기운을 가진 나무다. 우리나라에서는 '푸르다' 또는 '파랗다'라는 말이 같은 색에 쓰여서 혼동을 일으키는데, 벽오동碧梧桐의 벽碧은 초록색을 뜻한다. 그래서 벽오동은 초록색 줄기를 가진 오동나무라고 보면 맞다. 나무줄기가 초록색이고 잎이 오동나무 잎을 닮아서 붙여진 이름이긴 하나, 오동나무는 현삼과의 나무이고 벽오동은 벽오동과의 나무라 완전히 다르다. 외양만 조금 비슷할 뿐 엄밀히 촌수를 따지고 들어가면 먼 친척뻘도 되지 않는다. 잎은 그래도 조금 비슷한 편이나 꽃이나 열매는 완전히 딴판이다.

벽오동은 중부 이남에도 심지만 따뜻한 햇볕을 좋아하기 때문에

주로 남부지방에서 심어 기르는 나무다. 봉황이 둥지를 튼다는 이야기가 생겨날 정도로 가장 기품 있는 녹색을 가졌다. 그래서 벽오동 한 그루만 심어놓아도 그 집안에는 남다른 기운이 넘쳐난다. 절개 높은 선비정신을 나타낸다 하여 서당이나 학교 주변에서도 많이 심었다. 여러 나무와 어울려 심지 않고 벽오동 하나만 오롯이 심어서 그 기품을 즐겼다. 그것은 벽오동이 다른 나무와는 섞일 수 없을 정도의 남다른 품성을 지닌 나무이기 때문이다. 오동나무에 푸른 칠을 한다고 해서 벽오동이 될 수는 없다.

요즘의 세상에서 벽오동 심는 뜻은 무엇일까? 선비 같지 않은 선비가 판치는 세상이어서 그럴까? 절개 곧은 선비정신이 그립다.

장모 사랑

사위질빵

'사위 사랑은 장모'라는 말은 어디서 시작되었을까? 알 수는 없지만 식물에서도 사위 사랑에 얽힌 장모의 이야기가 전해진다.

옛날에는 노끈 대신 덩굴의 줄기로 짐을 묶어 나르곤 했다. 그것도 일이기에 노동이 되는지라 고생하는 사위가 안쓰러웠던 장모는 묘안을 내기에 이르렀다. 사위의 짐만큼은 줄기가 연약해 곧잘 끊어지는 덩굴로 묶게 했다. 그래서 짐을 지고 가다가 툭 끊어져버리면 다시 짐을 꾸리고 묶어야 했으니 번거롭기는 해도 그때가 되면 잠시 쉬었다 갈 수 있었다. 사위에게 힘든 일을 덜 시키려는 장모님의 잔꾀는 그 연약한 줄기를 가진 덩굴나무를 찾는 일에서 시작된 셈이다. 그 덩굴나무를 사위가 짊어지는 질빵이라고 해서 사위질빵이라고 했다.

사위질빵은 여름 들녘에서 쉽게 볼 수 있는 덩굴식물이다. 나무나 전봇대에 연결된 줄을 타고 오르길 좋아하기 때문에 아주 쉽게 눈에 띈다. 다른 물체를 꼬불꼬불 휘감으며 자라고 잎 가장자리에는 날카로운 톱니가 있으며 프로펠러 모양의 하얀 꽃을 잔뜩 달고

있는 나무다 싶으면 십중팔구 사위질빵이다. 사실 사위질빵은 숲에서 크게 자라난 것은 줄기가 굵은 것도 있지만 들녘에서 자라는 어린 나무들은 가느다랗기 때문에 댕댕이덩굴 같은 것에 비해 곧잘 끊어져버리는 성질이 있다.

사위질빵과 구별하기 어려운 식물로 할미밀망이 있다. 할미밀망은 사위질빵보다 먼저 나와 5월 말부터 피고 꽃이 사위질빵보다 크며 항상 세 개씩만 달리므로 어렵지 않게 구별된다. 아마도 위의 이야기에서 유래된 이름이 아닌가 싶다.

피 한 방울 섞이지 않은 사위를 장모는 왜 그토록 위할까? 그건 아마도 사위가 짊어지고 가야 할 짐의 무게에 자신의 딸의 무게도 함께 얹혀 있다고 생각하기 때문일 것이다. 아무리 결혼에 반대했던 장모라 해도 일단 사위로 맞게 되면 달라진다. 까딱하다간 자기 딸자식이 고생하니까 백년지객으로 삼고 잘해줄 수밖에 없다. 장모한테 사랑받는 사위들은 할미밀망을 보거든 큰절 한번 넙죽 올려야 한다.

자신의 자리를 지키는 법

순비기나무

우리나라 바닷가의 모래땅에도 아주 훌륭한 허브식물이 자라는데 그것을 아는 이는 드물다. 순비기나무는 허브식물로 이용 가치가 매우 높은 나무다. 남부지방에서 많이 자라지만 바닷가 식물이다 보니 인천 지역에까지도 올라와 자란다. 색종이에서 오려낸 듯 동글동글하게 생긴 잎을 만져보면 진한 박하향이 손에 묻어난다. 여름부터 세로로 줄줄이 피어나기 시작하는 보라색 꽃은 벌이 들어가기에 딱 알맞게 생겼다. 꽃에서도 박하향기가 난다. 만형자蔓荊子라는 이름의 동글동글한 열매에서도 같은 향이 난다. 그것을 한방에서는 이미 두통과 불면증의 치료약으로 사용한다.

순비기나무는 대개 바닷가의 모래땅에 터를 잡는다. 줄기가 땅바닥을 기어가듯 벋어가며 자라면서 군데군데에서 수염뿌리를 내린다. 그래서 녹색 카펫을 깔아놓은 듯 퍼져 자란다. 두더지가 땅을 파고들듯이 자라기 때문에 밖으로 나와 있는 줄기를 보면 여러 개의 나무인 줄 안다. 그 중 하나를 골라 들춰보면 모두가 하나의 나무로 연결된 것을 볼 수 있다. 그렇게 모래땅 속을 들락거리면서

자라는 모습에서 순비기나무의 이름이 유래되었다. 해녀들이 물질할 때 숨을 보러(쉬러) 나오는 동작을 제주도 말로 '숨비기'라고 하는데, 순비기나무가 자라는 모습이 숨비기 같다 해서 그런 유순한 이름이 붙여졌다.

아쉽게도 순비기나무를 허브식물로 이용하는 데에 장애가 되는 단점이 하나 있다. 옮겨심기가 어렵다는 것이다. 뿌리가 워낙 깊기도 하거니와 바닷가 모래땅과 같은 서식환경을 만들어줘야 하다 보니 옮겨서 기르기가 쉽지 않다. 어쩌면 순비기나무가 옮겨심기를 거부하는 건지도 모른다. 자신의 태생은 바닷가이므로 바닷가에서 살겠다는 뜻을 굽히지 않는 건지도 모른다. 살던 곳을 떠나 다른 곳에 정착해서 잘 사는 나무도 있지만 그렇지 못한 순비기나무는 아무리 좋은 환경을 만들어주어도 잘 자랄 수가 없다.

한 자리에서 제 색깔과 향기를 갖고 살아가는 일이 고집스러워 보일지 모르겠으나 태어난 그곳에서 한 가지 일밖에 할 줄 모르며 살아온 이들에게는 터전을 떠나 살기가 쉽지 않은 일이다. 정처 없이 떠돌아다니는 이도 있지만 한 자리를 지키며 순박하게 살아가야 하는 이도 있다. 그런 이들한테서 순비기나무 향기가 난다.

한계를 넘어 우뚝 서다

사스래나무

멀리서 봐도 사스래나무의 은백색의 나무껍질은 환히 빛난다. 한 두 그루가 아니라 여러 그루가 줄지어 있을 때 더욱 아름답다. 사스래나무의 새하얀 나무껍질을 제대로 감상할 수 있는 곳으로는 백두산 쪽의 소천지가 제일이다. 북파 산문을 빠져나와 조금만 발품을 팔면 소천지를 가리키는 표지석과 만나게 된다. 표지석이 가리키는 대로 숲길을 걸어 들어가면 이내 닿는 곳이 소천지다. 천지보다 작은 호수라 해서 소천지다. 그곳은 누가 일부러 만들어놓은 것처럼 둥글게 형성되었다. 사스래나무는 호숫가를 따라 빙 둘러쳐져 있다. 그 사스래나무의 은백색 나무껍질이 거꾸로 가서 비친 호수의 모습이 아름다워 소천지를 은환호銀環湖라 부르기도 한다. 그 정도로 사스래나무의 반영이 주는 감동은 특별하다.

　사스래나무는 한라산이나 설악산 등지에서도 자리를 얻어 살아가지만 그곳에서는 다른 나무에 가려 멋진 모습을 보기 어렵다. 백두산 일대는 사스래나무 외에 다른 키 큰 나무들이 더 이상 올라와 자랄 수 없는 곳이므로 신이 만든 초원의 정원 같은 느낌을 준

다. 키가 큰 나무들이 자랄 수 있는 한계 지역을 수목한계선이라고 하는데, 그곳까지 남아 있는 키 큰 나무는 사스래나무가 유일하다. 백두산의 남파 지역에는 수목한계선을 보여주기라도 하듯 초원 위에 선 사스래나무가 띠를 이루고 살아간다. 주변에는 풀이나 키 작은 나무뿐이라 사스래나무의 위용과 하얀 나무껍질이 더욱 돋보인다. 한마디로 사스래나무는 키 큰 나무 중에서 가장 높은 곳에서 자라는 나무고, 백두산의 수목한계선에 줄지어 선 나무는 오로지 사스래나무뿐이다. 그 정도로 키 큰 나무가 높은 지대에서 산다는 것은 쉬운 일이 아니다. 충분한 양분을 확보해야 하는 어려움이 따르기도 하지만 세찬 바람과 극심한 추위를 이겨낼 줄도 알아야 한다. 여름 한 철 푸르기 위해 나머지 계절에 치러야 하는 대가가 적지 않다.

그런 곳에서 큰 나무로 살아간다는 것은 매일같이 생사의 극한 상황에 직면해 싸우며 산다고 해도 과언이 아니다. 그보다 더 높은 곳에서는 양분이 부족하고 바람과 추위가 심해서 큰 나무가 자라기 어렵다. 맞서 싸우지 못 한 채 땅바닥에 바짝 엎드려 자라는 키 작은 나무들만 겨우겨우 살아간다. 하지만 사스래나무는 물러서지 않는다. 오히려 한 발 더 높은 곳을 내딛으며 도전하듯 살아간다. 한계의 끝에 서서 한계를 높여가는 나무! 사스래나무가 아름다운 진짜 이유다.

진시황의 불로초

시로미

아주 오래 전에 중국인 한 명이 바다를 건너 한반도의 이국적인 남쪽 섬에 도착한다. 탐라국 또는 영주라고 했던 그곳을 그때 당시에는 뭐라고 불렀을까? 어쨌든 그는 진시황에 의해 시도된 세계 최초의 공식적인 노화방지 프로젝트를 수행한 이들 중 하나로, 한반도 담당이었다. 영생을 얻기 위해 불로초를 찾아오라는 진시황의 지시를 받들어 그는 은하수를 끌어당긴다는 뜻의 한라산을 오르기로 한다. 영실 코스로 올라갔는지 성판악 코스를 이용했는지, 아니면 돈내코 코스로 도전했는지 모르겠으나 관음사 쪽으로는 올라가지 않았으리라. 거긴 너무 험해서 하산길로나 이용하니까. 어쨌든 그때는 지금보다 훨씬 더 한라산의 숲이 우거졌을 테고 통행로가 놓이지 않았으므로 어지간히 힘들었을 것이다. 진달래 대피소나 윗세오름 대피소 정도까지 간다 해도 하루는 족히 걸렸으리라. 때는 여름이 절정이던 8월 초순. 가시엉겅퀴와 바늘엉겅퀴가 따끔하게 발목을 붙잡는 숲을 지나 곰취 군락과 구름떡쑥, 금방망이, 네귀쓴풀, 마가목, 털기름나물, 한라고들빼기 등등이 자라는 지대를 모두

지난다. 드디어 구상나무 숲이 **빽빽**이 들어찬 1500미터 고지에 이
르렀을 때 그는 만나게 된다. 바닥을 덮고 자라는 키 작은 나무들
을! 그 높은 산에서 지지 않는 푸른 잎을 달고 살아가는 작은 나무
에게서 영험한 기운이 느껴진다. 진시황이고 뭐고, 갈증이 나던 차
에 그는 열매를 따서 자신의 입에 먼저 털어 넣는다. 목을 축이고
나니 그제야 살 것 같다. 그제야 그 나무에 달린 흑진주 모양의 흑
자색 열매를 유심히 살펴본다. 그는 그것이야말로 명약의 불로초라
고 생각한다. 갖고 온 자루에 잔뜩 담아 본국으로 돌아간 그는 목
숨 걸고 구해온 불로초라며 진시황 목전에 바친다. 진시황 앞에는
이미 백두산의 두메오리나무 뿌리에 기생하는 오리나무더부살이를
포함해 각지에서 구해온 귀한 약초들이 수북이 쌓여 있다. 진시황
은 그 많은 불로초들을 하나도 남김없이 섭렵한다. 하지만 세월에
장사 없다는 명언을 실감하며 역사의 뒤안길로 사라지고 만다.

　진시황의 불로장생을 위해 수많은 사신들이 목숨을 걸고 구해다
바친 불로초 중 하나가 바로 시로미라고 전해진다. 한라산의 높은
지대에 무리지어 자라는 키 작은 나무이다. 그런 시로미를 먹고 불
로장생할 것 같으면 그것을 먹고 사는 노루들은 멸종위기 없이 한
라산에 넘쳐났을 것이다. 자연의 이치란 그런 것이다. 어느 누구도
예외일 수는 없다.

　모험 영화를 보면 뗏목이나 작은 배를 타고 가다가 갑자기 유속

이 빨라진다며 불안해하는 장면이 나오곤 한다. 하류로 갈수록 느려져야 정상일 텐데 물의 흐름이 갑자기 빨라진다는 것은 어딘지 모를 저 앞에 폭포가 있다는 뜻이기 때문이다. 사람도 나이가 들면 어느 순간부터 세월의 빠름을 인지하게 되고 그때부터 마음이 초조해지기 시작한다. 어느 순간 나락으로 떨어질지 몰라 두려움에 떤다. 이뤄놓은 것이 아무것도 없는데, 아직 내가 아니면 안 되는 식솔들이 있는데, 하는 경우에는 더욱 그렇다. 마치 누가 저편에서 나를 마구 잡아 끌어당기고 있는 느낌이 들 때면 어떻게든 벗어나려고 발버둥질치게 되는 것이 사람이다. 늙는 것을 막아보기 위해 별별 궁리를 다 해보게 되지만 진시황도 막지 못 한 그 일을 어느 누가 어떻게 해볼 수 있을까?

불로초급은 아니지만 시로미는 한라산의 영험한 기운을 머금고 자라는 나무임은 분명하다. 하지만 불로초도 기운이 다하면 병들어 죽고 마는 식물인데 어느 누구에게 불로장생의 효험을 내어줄 수 있겠는가. 지금이라도 진시황을 만난다면 이런 이야기를 해주고 싶다. "늙지 않고 오래 산다면야 좋겠지만 끝이란 언젠가 찾아오는 법이지요. 생로병사란 어느 누구도 거스를 수 없는 일입니다. 그리고 영원히 늙지 않는 풀을 구하셨던 모양인데, 시로미는 풀이 아니라 나무입니다. 늘푸른떨기나무요. 다른 말로는 상록 소관목이라고 하고요."

추억의 아카시아

아까시나무

노래와 함께 저장된 추억은 참 오래간다.

> 동구 밖 과수원 길 아카시아꽃이 활짝 폈네
> 하얀 꽃 이파리 눈송이처럼 날리네

아카시아에 얽힌 추억을 〈과수원 길〉 노래와 함께 저장한 세대들은 아카시아라는 이름에 대해 추호의 의심도 없다. 학교에서 돌아오는 길에 배고프면 담장 위로 기어 올라가 한 움큼씩 따먹던 꽃도 아카시아요, 향기로운 꿀을 만들어준 나무도 아카시아며, 전쟁으로 피폐해진 우리 국토를 비옥하게 해준 나무도 분명 아카시아다. 어디 그뿐인가? 겨울이면 화력 좋은 땔감이 되어준 것도 아카시아요, 가위바위보를 해서 손가락으로 잎을 쳐내는 내기를 할 때 따서 썼던 것도 아카시아며, 심지어는 그 이름으로 된 꿀이나 껌까지 나왔다.

그런데 이 모든 추억 속의 꽃은 이름이 잘못되었다. 아카시아가 아니라 아까시나무다. 아카시아는 열대지방에서나 자라는 나무라

우리나라의 산야에는 살 수 없고, 아카시아와 잎이 비슷한 아까시나무를 가짜 아카시아라고 부르던 것이 그냥 아카시아로 굳어졌다. 하지만 또 그건 식물학적인 명칭일 뿐. 사람들이 추억하는 동구 밖 과수원 길의 나무는 누가 뭐래도 아카시아다. 꿀 주고, 땔감 주고, 배고파서 따먹었던 나무도 모두 아카시아라는 이름으로 기억한다. 추억은 한순간에 수정될 수 없다. 아무리 아까시나무로 바꿔 기억하려 해도 아카시아라는 이름이 먼저 튀어나온다. 아카시아는 아카시아고, 아까시나무는 아까시나무일 뿐이다.

아까시나무는 전쟁과 수탈로 인해 헐벗을 수밖에 없었던 우리 산야의 붉은 산을 짙푸른 녹색으로 채색하여준 일등 공신이다. 그러나 울창한 산림이 들어서자 아까시나무는 천덕꾸러기 대접을 받기 시작했다. 더 이상 필요 없는 나무라는 인식하에 퇴치운동까지 벌어질 정도니 아까시나무의 입장에서는 여간 섭섭한 일이 아니다. 필요할 때 요긴하게 썼으면서 필요 없다 싶어지니까 무용론을 들고 나와 없애려 하니 손바닥 뒤집는 식의 대우가 너무나도 부당하고 야속하다. 아까시나무에 대한 추억이 없는 세대들에 의해 이젠 더욱 저만치 물러나게 되었다. 추억이라도 붙들고 있는 이들에게서 자신의 이름이 한 번 더 불리기를 바라면서 아까시나무는 향기를 날린다. 희디흰 치열을 자랑하듯 환히 웃는다. 아까시나무도 아카시아로 불리던 때가 그립다.

큰 나무는 거느리지 않는다

오구나무

오구나무의 꽃오구나무의 열매 오구鳥口는 까마귀의 부리라는 뜻이
다. 꽃의 끝이 살짝 휘는 것이 까마귀의 부리를 닮았다 하여 오구
나무라 한다. 하필 꽃의 모양을 까마귀의 부리에 비유한 것인데,
아마도 명명자는 오구나무의 하트 모양의 잎에는 관심이 없었던 모
양이다. 수목원 등지에서 끝이 뾰족한 완벽한 하트 형태의 잎을 달
고 있는 나무를 만난다면 주변에서 오구나무 팻말을 찾을 수 있을
것이다. 까마귀가 아니라 그냥 새의 부리로 보는 이들은 조구나무
라고도 한다. 1930년 경에 중국으로부터 들여온 나무로, 가을에 열
매가 익어 벌어진 모양이 팝콘 같다 하여 팝콘나무라고도 한다.

　오구나무의 수형미를 제대로 감상하고 싶다면 서쪽 끝으로 달
려 천리포수목원을 찾아가면 된다. 우리나라 유일의 해안국립공원
으로 지정된 태안반도를 옆구리에 끼고 있는, 우리나라에서 유일
하게 해안가에 위치한 천리포수목원은 세계의 아름다운 수목원으
로 인정받은 곳이다. 그곳은 다양한 목련 품종과 동백나무 품종이
아름다운 경관과 어우러져 세계인의 찬사를 받았다. 겨울에도 비

교적 춥지 않은 해양성기후의 영향을 받아 중부지방과 남부지방의 나무들이 한데 모여 제각각의 아름다움을 꽃피우며 살아간다. 거리는 아름다움에 비례한다고 했던가? 도심에서 멀리 떨어진 만큼 같은 나무라 해도 천리포수목원에서 자라는 나무는 특히 더 아름답다.

그 중에서 가장 마음을 끄는 건 호수 건너편 민병갈기념관 옆에 서 있는 거대한 오구나무다. 천리포수목원의 다른 곳에도 오구나무가 심어져 있으나 이 자리의 것과는 비할 바가 못 된다. 오구나무는 보통 10미터까지 자라는 것으로 알려져 있는데 그것이 맞는다면 이곳의 오구나무는 다 자란 것이 아닌가 싶다. 멀리서 보면 버드나무로 착각할 정도로 바람에 넘실거리며 빼어난 수형을 자랑한다. 바다와 인접한 곳이라 곧잘 해무海霧가 밀려오기도 하는데, 그런 날이면 다른 곳에서는 느낄 수 없는 묘한 운치가 배어난다. 그 나무를 다른 곳으로 옮겨 심는다면 아마 그런 느낌이 나지 않을 것이다. 천리포수목원의 그 자리에서 자라기에 특유의 매력이 한껏 발산된다.

천리포수목원의 오구나무는 매우 편안한 느낌을 준다. 큰 나무가 주는 위압감 같은 것 없이 서 있다. 그런 걸 보면 큰 나무에 대한 선입견이 바뀌게 된다. 큰 나무는 절대 거느리는 법 없이 가만히 서 있기만 해도 모여들게 한다. 그런 나무가 진정한 큰 나무라는 생각이 든다. 사람이라고 다를까? 큰 사람은 대개 위압적이기 마련이다. 그런데 진짜 큰 사람은 포용력이 남다르다. 위에서 누르지 않고 모든 걸 받아줄 줄 아는 사람이야말로 큰 사람이다. 우리 사회에도 그런 큰 나무 같은 분이 여럿 있었는데 하늘 멀리 가버리셨음이 안타깝다.

한국인으로 귀화하여 천리포수목을 설립하신 故 민병갈 원장님 Carl Ferris Miller도 그런 분이 아닌가 싶다. 태생은 미국인이지만 25세에 처음 와본 한국이 좋아 1979년에 한국인으로 귀화하여 민병갈이라는 이름으로 살았다. 그러면서 식물에 대한 애정을 갖고 한국의 산과 들을 두루 돌아보면서 국내 식물학자들과 교류하고 마침내 천리포수목원을 설립했다. 그가 천리포에 수목원을 짓게 된 일화는 그의 성품을 잘 말해준다. 1962년에 천리포 마을을 방문했을 때 한 노인이 찾아와 바닷가 언덕 위의 토지 6000평을 구입해 줄 것을 부탁해 왔다고 한다. 쓸모없는 땅을 목적 없이 소유할 생각이 없었기에 여러 차례 거절했지만 거듭되는 노인의 간곡한 부탁을 거절하지 못 해 마침내 매입하게 되었고, 재개발로 해체된 서울의 기와집 세 채를 옮겨와 살게 되었다. 그 소문을 들은 사람들이 자신들의 땅도 사달라고 하는 바람에 결국 하나둘 사들인 것이 오늘날의 아름다운 수목원이 되었다.

인생의 절반이 넘는 시간을 한국 땅에서 살면서 한국을 위해서

산 그는 2002년 4월에 삶을 마감하는 날까지 한국인으로 살기를 원했고, 장례도 한국식으로 치렀다. 자신의 나라가 아닌 나라에 애착을 갖고 인생을 바친 그는 분명 큰 나무 같은 사람이었다. 천리 포수목원의 오구나무를 보면 살아생전 큰 나무 같았을 민병갈 원장님이 떠오른다.

지배를 위한 인내

서어나무

생명을 가진 것들은 모두 변하게 되어 있다. 숲도 변해가는 단계를 거친다. 빈 땅에 한해살이풀이 들어와 땅을 다지고 나면 여러해살이풀이 들어와 자라면서 땅이 점점 기름지게 되면 키 작은 나무들이 들어와 자리를 잡고, 결국에는 넓은 잎을 가진 나무들이 나타나 숲의 빛과 공간을 장악하게 된다. 그 과정을 숲의 천이라고 하고, 그런 단계를 거쳐 생태적으로 안정된 숲을 극상림이라고 한다.

서어나무는 신갈나무와 함께 천이의 마지막 단계인 극상림에 나타나는 나무로 꼽는다. 넓은 잎을 가진 키 큰 나무치고 꽃은 약간 이른 시기에 핀다. 4월 중순이면 벌써 바람에 나부끼는 꼬리 같은 꽃이삭을 드리운다. 말이 꽃이지 그건 꽃도 아니다. 바람을 이용해 수정하는 풍매화다 보니 꽃이 그 모양이다. 잎도 평범함을 벗어나지 못 해 상수리나무 잎처럼 생긴 길쭉한 잎을 가졌다. 그렇게 두드러지지 않은 꽃과 잎을 가졌음에도 불구하고 서어나무는 울퉁불퉁한 나무줄기 때문에 멀리서도 한눈에 알아볼 수 있다. 회색 근육질의 거인을 연상시키는 줄기는 숲의 권력자다운 위용을 지녔다.

그만큼 서어나무는 잠재된 힘이 느껴지는 나무다.

　서어나무가 소나무를 몰아내고 최후 승자가 되는 이유는, 그늘에서도 잘 자라는 습성을 가졌기 때문이다. 처음에는 작게 자라지만 햇빛 부족한 음지를 견디며 한해 한해 키를 높이다 보면 결국 숲은 서어나무의 지배하로 들어오게 된다. 그때부터는 서어나무가 기준이 된다. 숲의 나무들은 서어나무의 눈치를 보면서 서어나무에 맞춰 자신들의 성장 속도를 조절한다. 서어나무가 숲에 그늘을 드리우기 전에 키 작은 나무들은 서둘러 꽃잔치를 치르고 잎을 내어 태양빛을 향해 팔 벌린다. 서어나무는 그제야 느긋하게 잎을 만든다. 아무도 서어나무를 이길 순 없다. 그늘을 견디는 힘, 그것이 극상림의 지배자를 만든다.

시골길의 주인공

양버들

미루나무 꼭대기에 조각구름 걸려 있네

이렇게 시작되는 노래에서 조각구름을 머리에 이고 있는 나무를
우리는 당연히 미루나무로 알고 있다. 그러나 그 또한 수정해야 할
기억이다. 우리나라에 미루나무로 잘못 알려진 나무의 정확한 이
름은 양버들이다. 둘 다 버드나무과의 나무지만 약간 다르다. 시골
길을 가다 보면 한두 그루쯤 마주치게 되는 양버들은 줄기 아래쪽
부터 잔가지가 비쭉비쭉 솟아 전체적으로 거꾸로 세워놓은 빗자루
모양이 된다. 그 나무를 대개 미루나무로 잘못 알고 있다. 양버들
과 달리 미루나무는 옆으로 퍼진 모습을 하고 있다. 이름이 예뻐서
그랬는지 양버들이 미루나무로 잘못 알려지면서 미루나무만 쓰이
게 되었다. 미류나무라는 아름다운 어감의 이름을 성급히 미루나
무로 바꿔버린 국어학자들의 결정은 심히 유감스럽다.

　서울의 당산역에서 얼마 떨어지지 않은 선유도공원에 가보면 양
버들과 미루나무를 한눈에 비교할 수 있어 좋다. 기다란 아치형의

선유교를 건너면 정면으로 펼쳐지는 공간이 나오는데, 그 좌측에 양버들 무리가 보인다. 우측 계단으로 내려가면 몇 개의 벤치를 마련해놓고 관람객을 기다리는 미루나무 한 무리가 보인다. 선유도 곳곳에는 미루나무가 많이 심어져 있는데 미루나무를 심다가 모자라는 바람에 그만큼의 양버들을 들여와 심게 되었다고 한다.

양버들이나 미루나무나 수형이 아름답기는 마찬가지다. 그러나 하얀 털이 달린 씨를 날려 사람들의 건강에 해를 끼치므로 지금은 잘 심지 않게 되었다. 이미 심어진 양버들만큼은 잘 자라 동네 어귀를 지킨다. 고즈넉한 시골 들녘에 한두 그루쯤은 보이는 양버들이 반가운 건, 그 근처에 마을이 있다는 뜻이기 때문이다. 시골길을 떠올릴 때에도 까치집을 머리에 이고 있는 양버들이 한두 그루쯤 그려 넣게 되어 있다. 그다지 오래된 일은 아니지만 유럽에서 건너온 빗자루 모양의 나무가 어느덧 우리의 시골 풍경을 대표하게 되었다.

치유의 힘

일본잎갈나무

나무는 국경도 없고 이념도 없다. 다만 어떤 상징적인 의미나 이름 때문에 박대 받는 경우가 있다. 이름에 '일본'자가 들어간다는 이유만으로 박대받는 일본잎갈나무가 그러하다. 그래서 어떤 이들은 그 이름 대신 낙엽송이라는 이름을 쓰기도 한다. 잎이 소나무처럼 바늘잎을 가졌지만 상록수는 아니고 가을이면 잎을 떨어뜨린다 하여 그렇게 부른다. 하지만 사실 잎본잎갈나무에게 무슨 잘못이 있겠는가? 그 이름도 실은 사람이, 그것도 우리나라 사람이 지었을 텐데 말이다.

사실 일본잎갈나무는 박대 받을 이유보다 박수 받을 일이 더 많다. 산불이 나서 황폐해진 산지를 가장 빨리 복원시켜주는 나무이기 때문이다. 곧은 수형으로 빨리 자라는 속성수라 화마가 지나간 자리에 심으면 금세 녹색 숲으로 덮어준다. 무럭무럭 자라 산에 생긴 검은 잿빛의 흔적을 푸르게 덮어준다. 숲은 안정을 되찾고 다시금 푸른 숨을 쉰다. 그래서 숲을 거닐다가 일본잎갈나무가 심어진 조림지를 발견하면 예전에 그곳에 산불이 났었나 보다 하고 짐작

할 수 있다. '일본'자가 붙었긴 해도 우리나라 산림의 아픈 곳을 감싸주는 나무다. 아픈 곳을 치유하는 녹색 힘을 가진 나무다.

사랑을 부르는 향기

자귀나무

동네 어귀에 분홍색 수술 화사한 자귀나무 꽃이 피면 마을 풍경이 달라 보인다. 누가 분홍 총채를 걸어두고 간 것 같기도 하고, 때 아닌 분홍 눈이 소복이 내린 것 같기도 해서 그곳에 가면 좋은 일이 하나쯤 생길 법하다. 안 그래도 예쁜 꽃에서는 상쾌한 향기까지 나니 그 그늘에서 잠시 쉬었다 가고 싶어진다.

무엇보다 자귀나무는 부부 금실을 상징하는 나무다. 자귀나무는 여러 개의 작은 잎이 새의 깃 모양으로 촘촘하게 달린다. 태양빛을 모으느라 낮에는 수평으로 펼쳐져 있던 잎이 밤이 되면 서서히 오므라들어 일렬로 겹쳐진다. 신경초라 불리는 미모사의 잎을 만졌을 때 오므라든 모습처럼 말이다. 그것을 수면운동이라고 한다. 밤새 불필요한 수분의 증발을 막기 위한 본연의 행위이다. 지극히 자연스러운 그 현상을 두고 사람들은 밤만 되면 한몸이 되어 자는 나무로구나 하여 금실 좋은 부부에다 비유하게 되었다. 그래서 자귀나무는 합환수合歡樹니 합혼수合婚樹니 야합수夜合樹니 유정수有精樹니 하는 식의 남녀간의 애정을 의미하는 별명을 여럿 얻게 되었다. 그런

뜻에서 부부 금실이 좋으려면 안마당에 자귀나무를 심으라고 했다. 다투지 않았더라도 각방 쓰는 부부라면 금실이 좋을 리 없다. 낮에는 좀 티격태격했더라도 밤이면 자귀나무처럼 몸을 꼭 포갠 채 살 비비고 자야 부부싸움은 칼로 물 베기가 된다. 몸이 멀어지면 마음도 멀어진다.

밤에 겹쳐지는 잎 때문이 아니라 자귀나무의 꽃향기를 맡으면 집안 분위기가 나빠질 수 없다. 여름에 피는 분홍색 솜사탕 같은 꽃에서는 사람을 기분 좋게 해주는 향기가 난다. 나무 가득 향기로운 분홍색 꽃이 피는 집에서는 다툴 일이 있다가도 없어진다.

각기 다른 감정을 가진 사람이 만나 사는 일이기에 한결 같을 수는 없겠지만 노력도 하지 않는 것은 불행하다. 더도 말고 덜도 말고 자귀나무만 같아라.

생존을 위한 과감한 변신

잣나무

잣나무는 신비로운 색감을 가졌다. 한겨울에도 짙푸른 색감을 자랑하기에 멀리서 봐도 잣나무 군락은 소나무 군락과 선명히 구별된다. 잣나무를 가평 같은 곳에서 대규모로 재배하고 청설모와 다툼을 벌이는 나무쯤으로 알고 있는 사람이라면 한번쯤 설악산을 올라볼 것을 권유하고 싶다. 힘들일 것 없이 한계령휴게소에서 출발해 대청봉 방향을 향해 몇 분만 오르면 튼실하게 키운 잣을 구름과 함께 머리 꼭대기에 이고 서 있는 잣나무를 만나게 된다. 그 높고 추운 곳에서 사람의 힘을 빌리지 않고 스스로의 힘으로 자라는 모습은 장엄하기까지 하다. 자생하는 잣나무 푸른 기운은 재배하는 잣나무와 질적으로 달라 보인다. 청설모 따위는 근처에 얼씬거리지도 못 하는 높은 산에서 그야말로 독야청청하다.

고도를 좀 더 높여 중청쯤에 이르면 바람의 세기가 상상을 초월한다. 살을 에는 칼날 같은 바람이 수시로 분다. 심한 날에는 가만히 서 있기도 힘들다. 키가 큰 나무는 도저히 살아가기 힘든 그곳에서 잣나무는 사라지고 대신 눈잣나무 군락이 나타난다. 누운 잣

나무라는 뜻의 눈잣나무는 사납게 불어대는 바람을 피해 땅에 바짝 엎드린 채 살아간다. 버티고 설 수 없으니 낮게 엎드리는 쪽을 택한 것이기에 비굴할 일 하나 없다. 사실 눈잣나무는 잣나무와는 사뭇 다른 열매를 가졌다. 결코 먹을 만한 잣이 아니다. 누군가에게 내주는 열매가 아니라 바람에 맡기는 열매를 택했다. 고산지대의 한 자리를 얻어 살기 위해 과감히 열매까지 바꾼 것이다.

세상이 나에게 맞춰줄 리는 없다. 그러므로 세상에 맞게 내가 변해야 한다. 아무도 생존을 보장해주지 않는 곳에서는 변신만이 살길이다. 변신하지 않으면 살 수 없었기에 눈잣나무로의 변신은 무죄다. 변신한 결과, 그 어떤 큰 나무도 올라오지 못 하는 대청봉 주변은 눈잣나무의 차지가 되었다.

설악산 대청봉의 눈잣나무

그늘에서 자라는 거인

전나무

모든 나무가 햇빛을 좋아하는 건 아니다. 전나무는 그늘을 좋아해서 그늘 쪽으로 가지를 벋는다. 그런 나무를 음수라고 하는데, 전나무는 전형적인 음수에 해당된다. 햇빛을 싫어하는 것은 아니지만 그늘에서 잘 자란다. 그래서 전나무는 빛이 부족한 깊은 산의 숲속에서도 거대한 키로 잘 자라며 주위의 큰 나무와 당당히 어깨를 나란히 한다. 일부러 심은 곳이 아니라면 전나무는 대개 그늘진 숲속에서 거인처럼 자라는 것이 보통이다. 오대산의 숲속도 그렇다. 햇빛조차 닿지 않을 것 같은 곳에서 울창한 숲을 이뤄 자라는 아름드리 전나무는 올려다보기조차 힘들다. 그래서 어쩔 때에는 한낮에도 어두컴컴하다. 그럼에도 전나무 숲이 가진 건강성만큼은 어느 숲에도 뒤지지 않는다.

그늘진 곳에서도 큰 키로 우뚝우뚝 성장하는 전나무를 보면 어려운 환경에 굴하지 않고 성장해 큰 인물이 된 사람을 보는 듯하다. 유혹에 빠질 법도 하건만 물들지 않고, 어려운 환경을 오히려 기반으로 삼아 단단히 내실을 기하고 올바르게 성장한 이들은 결

코 악인이 될 수 없다. 그런 것을 보면 주변 환경도 중요하지만 그
보다는 자신의 의지가 더 중요하다는 생각이 든다. 그늘진 곳에서
도 열심히 살아가는 사람들에게서 전나무의 기상을 느낀다.

제주도의 무궁화

황근

무궁화의 최대 약점은 우리 땅에 자생지가 없다는 점이다. 품종 개량을 통해 진딧물에 강한 품종도 만들어내고 미적 가치를 지닌, 약간은 생소한 모양새의 품종까지 만들어냈지만 우리나라에 자생지를 두고 있지 않다는 사실만큼은 어쩔 수 없다.

간혹 그 대안으로 거론되는 나무가 황근이다. 이름 그대로 노란색 무궁화다. 제주도의 동남쪽 해안가 올레길이 지나는 곳에서 해풍을 맞으며 자란다. 무궁화와 달리 황근은 잎이 둥글넓적하고 가을이면 예쁜 단풍이 들며 떨어진다. 무궁화와 같은 아욱과의 나무라 꽃의 모양은 매우 비슷하다. 여름에 문주란이 필 즈음이면 황근도 덩달아 노란색 꽃을 피운다. 파란 바다를 배경으로 노란 황근이 흐드러지게 핀 군락도 감상해볼 만하다. 바닷가 바위틈에서 뿌리를 두고 자라는 모습은 신기하기까지 해서 누가 심은 건 아닐까 싶을 정도다. 어쨌든 무궁화의 최대 약점인 자생지가 없다는 사실에 비하면 떳떳한(?) 무궁화다.

그래서 몇몇 사람들이 황근을 우리의 나라꽃으로 하자는 주장을

펴기도 한다. 그러나 나라꽃이라는 것이 어디 그런가? 의미와 상징성을 첫손가락으로 꼽아야 하는데 황근은 우리 민족과 별다른 연관성이 없다. 남쪽 섬 지방에서 만나는 노란색 무궁화한테서 애국심이 솟지 않는 건 상징적인 의미가 없기 때문이다. 그 부분에서는 황근도 약점을 지닌다.

그리고 황근은 제주도 동남쪽의 따뜻한 바닷가에서만 자라는 체질이라 중부지방에서는 월동이 불가능하다. 기껏해야 수목원의 온실이나 실내의 화분에 심을 수 있지만 꽃을 본다는 건 기대하기 어려운 일이다.

사실 황근 자신에게는 애국심이고 뭐고 별다른 의미를 부여할 필요도 없다. 나라꽃이 되지 않는다고 해서 서운해할 일 없다. 황근은 우리나라 남단의 해안가를 지킬 뿐이다. 따뜻한 남쪽 섬이 좋아 그곳에서 자란다. 대한민국의 무궁화는 아니지만 제주도의 무궁화면 족하다.

거리로 나온 학자수

회화나무

회화나무는 옛 선비들이 좋아하여 선비나무로 통했다. 서당 근처에 심으면 학자가 많이 나온다 하여 학자수라 부르기도 했다. 영어 이름도 중국의 학자나무^{Chinese scholar tree}라고 한다. 옛날에는 과거에 급제하면 회화나무를 심었다 하며 퇴직할 때에 기념으로 심는 나무도 회화나무였다고 한다. 1000원 권 지폐 상단의 BANK 아래 도산서원 나무가 바로 회화나무로, 회화나무는 알고 보면 그렇게 우리 일상에서 멀리 있는 나무가 아니다.

성균관대학교의 명륜당에 가면 거목의 회화나무를 만날 수 있다. 그곳의 회화나무는 학자수로서의 풍모가 여실히 느껴지는 수형을 가졌다. 주변의 고색창연한 분위기와도 잘 어울린다. 생긴 모습이 흔히 아카시아라고 부르는 아까시나무와 비슷하지만 잎 뒷면에 분백색이 돌고 몸에 가시가 전혀 없는 것이 다르다. 항상 싱그러운 기품이 넘쳐나는 그 푸른 나무를 보면 학업에 정진해야겠다는 생각이 절로 든다. 천하의 한량이 아니고서야 회화나무를 바라보며 다른 생각을 하지는 않을 것 같다.

그런 학자수가 언제부턴가 길가에 나타나기 시작했다. 가로수로 심어지기 시작한 것이다. 새로 생긴 고속도로 주변은 물론이고 도심의 번화가에도 회화나무가 줄지어 심어지는 추세다. 회화나무가 거리로 나올 수 있었던 건, 기본적으로 공해와 병충해에 강한 나무이기 때문이다. 수많은 자동차들이 토해내는 매연에도 푸른 숨을 쉬고, 은행나무처럼 별다른 벌레가 꼬이지 않으며, 어떠한 상황에서건 별 탈 없이 잘 자라기에 사람 손에 이끌려 거리로 나왔다. 게다가 여름이면 노란색 무늬가 있는 황백색 꽃을 풍성히 피우고 겨울이면 날아드는 직박구리에게 열매 몇 알 넘겨줄 수 있기에 반기는 이가 적지 않다.

시대가 변하니 쓰임새도 변한다. 선비 없는 거리긴 해도 서당에서 학자를 키워내던 푸른 기품으로 이제는 모범운전사의 배출을 기대해 본다.

꼭 한번 보아야 할

노랑만병초

노랑만병초는 기회만 된다면 늘 보고 싶은 꽃나무다. 남한의 설악산에서 발견된 바 있지만 그래도 백두산 천지에 핀 노랑만병초만 할까? 비록 중국 땅을 통해 가야 하지만 천지 주변의 노랑만병초 군락은 평생에 한 번쯤은 꼭 눈에 담아봐야 한다고 적극 추천하고 싶다.

작년에도 기회를 만들어 노랑만병초를 보기 위해 백두산의 북파 지역을 찾았다. 늘 푸른 물로 가득하다는 녹연담綠淵潭을 찾아가니 이름 그대로 녹색 물감을 풀어놓은 듯한 호수가 나타났다. 향어와 향어가 노닐고 있는 걸로 봐서 인공적인 색소로 만든 호수는 절대 아니었다. 녹연담으로 흘러내리는 폭포를 거슬러 올라가 숲으로 들어서니 6월 초순인데도 가득 피어 반기는 노랑만병초를 만날 수 있었다. 백두산 장백폭포에서 흘러내린 물줄기가 힘을 잃지 않고 굽이쳐 흐르는 곳에 피어서 그런지 무척이나 싱그러웠다. 그 노랑만병초를 볼 때마다 떠오르는 일이 하나 있어 잠시 감상에 젖었다.

몇 해 전 7월 초순에 백두산 서파에서 북파로 종주하던 날이었다. 새벽부터 쏟아진 장대비가 아침에 그치기는 했으나 간간이 부슬비가 흩뿌려대는 좋지 않은 날씨가 이어졌다. 서파 주차장까지 버스를 타고 가서 1236계단을 오르자 눈이 덜 녹은 천지가 희뿌옇게 시야에 들어왔다. 원래는 거기서 북파까지 종주하는 팀과 종주하지 않는 팀으로 나누어 일정을 소화하기로 했으나 여행사 측의 실수로 비종주팀의 일정을 날려버리게 되었다. 그 바람에 우리 팀의 대장은 22명 전원 종주를 결정하는 초강수를 뒀다. 평소 산을 올라 버릇하지 않은 여성과 60대 이상의 고령자가 다수 섞여 있는 데다가 기상 상태가 워낙 좋지 못한 날이라 걱정이 앞섰다. 하지만 대장의 결정이었으니 어쩔 수가 없었다. 결국 다른 트레킹 팀과 섞여서 종주가 시작되었고, 사람들은 천지가 피워 올리는 안개구름 속으로 하나둘 빨려 들어갔다.

7월 초순이긴 해도 추위로 인해 예년보다 개화기가 늦어진 터라 얼굴 내민 꽃들이 많지 않았다. 대신에 노랑만병초만큼은 카펫을 깔아놓은 듯 잔뜩 피어 있었다. 하얀 잔설 위에 핀 노랑만병초 군락은 다시 못 볼 장관이었다. 하지만 한발 한발 조심스러운 길을 가야 했고 워낙 고산지대라 춥고 비바람까지 심해서 맘껏 즐길 여유가 부족했다. 그저 늦지 않도록, 일행에서 떨어지지 않도록 애쓰며 앞으로 나아가는 일에 열중했다. 날씨는 여간해서 좋아질 기미가 보이지 않았다.

청석봉을 멀리 돌아 백운봉으로 향하는 길에 있는 한허계곡에서 잠시 쉬어갈 겸 점심을 먹기로 했다. 그곳에서 점심을 먹어야 하는 이유는 따로 있었다. 만약 거기서 먹지 않고 그 다음에 있는 전망 좋은 고갯길에서 먹게 되면 급경사 길인 백운봉으로 가다가 십중 팔구 토한다고 산행가이드가 경고했기 때문이다. 우리 팀은 한허 계곡에서 식사를 마치고 나서도 바로 출발하지 않고 소화를 시킨

후 천천히 오르기로 했다.

　이윽고 급경사의 고갯길에 다다르자 장백산이라고도 불리는 백운봉이 눈앞에 나타났다. 북한 쪽이 아닌 중국 쪽의 백두산에서는 백운봉이 2691미터로 가장 높은 봉우리다. 그 앞의 고갯길에 우리가 서 있었고 그곳에는 노랑만병초가 끝도 없이 펼쳐져 있었다. 그 광경을 모두들 자신의 카메라에 담아내느라 여념이 없었다. 그곳에서 밥을 먹고 가면 안 된다고 했는데, 트레킹 팀 중 일부는 전망 좋은 식당에서 식사를 하듯 그곳에서 점심을 먹었다. 그러고는 서둘러 자리를 뜨는 모습이었다. 노랑만병초를 원 없이 카메라에 담은 우리 팀도 곧이어 나머지 급경사 길을 오르기로 했다. 그런데 산행가이드가 경고했던 자리에 이르자 앞쪽의 한 무리에서 어수선한 분위기가 느껴졌다. 거기엔 50대로 보이는 한 남자가 누워 있었고 사람들이 몰려들어 인공호흡과 심장마사지를 하는 급박한 상황이 연출되고 있었다. 얼른 가서 함께 팔다리를 주물렀지만 귀와 입술이 시퍼렇게 변해버린, 그는 이미 죽은 사람이었다. 동공이 풀려버린 그의 눈은 하늘을 향해 있었고 청색증 가득한 얼굴 그대로 비를 맞고 있었다. 불어넣는 숨이 번번이 도로 튀어나오면서 혓바닥이 퍼더더덕 하고 휘둘리는 소리만 들려왔다. 인공호흡을 하던 사람은 "죽으면 안 돼 이 자식아! 정신 차려 이 자식아!" 하며 울부짖었다. 헬기를 불러야 한다고 소리쳤지만 안개가 첩첩이 끼고 비가 흩뿌리는 날씨라 그럴 수도 없는 상황이었다. 그리고 하필 그 자리가 종주의 중간 정도 지점이라 쓰러진 사람을 데리고 앞으로 나아가기도 뭣하고 뒤로 돌아가기도 뭣한 곳이었다. 식사 후 바로 급경사 길을 오르려다 토해낸 구토물이 기도를 막은 모양이었다. 하지만 이미 때는 늦어 있었다. 의사로 보이는 사람들이 와서 여러 처치를 시도했지만 상황을 되돌리지는 못 했다. 아직 가야 할 길이 많이 남은 우리들은 그에게서 손을 놓고 서둘러 북파를 향해 나아갈 수밖에 없었다. 돌아서는 그 주변으로도 노랑만병초는 무심히 피어 있었다.

시간이 지날수록 추위가 심해져서 나중에는 손이 곱아 셔터를 누르기도 어려울 정도였다. 모두가 고생했지만 서로를 격려하고 이끌어주며 동행한 우리 팀은 한 사람의 낙오자 없이 종주를 마칠 수 있었다. 죽은 사람과 그 일행은 아마도 한밤중이 되어서 내려왔을 것이다. 나중에 우리 가이드가 소식통에게 전해 듣기로, 그는 역시 죽었다고 한다. 그 일을 두고 언젠가 한 번은 죽을 인생인데 좋은 곳에서 죽었다고 하는 사람도 있었고, 이 머나먼 곳까지 와서 그런 변을 당했다며 측은해하는 사람도 있었다. 눈앞에 맞닥뜨린 생과 사의 갈림길에서 그가 마지막으로 본 것은 무엇이었을까? 만 가지 병을 고친다는 명약이 손닿는 곳에 잔뜩 피어 있었지만 정작 써볼 수도 없이 하늘로 간 것이 참 얄궂은 운명처럼 느껴졌다. 그 후로 노랑만병초를 보면 아무도 막을 수 없었던 그날의 일이 떠오른다. 천지불인 이만물위추구라는 말이 자꾸만 되새김질 된다.

천지불인天地不仁 이만물위추구以萬物爲芻狗 : 노자의 도덕경 제5장에 나오는 말로, 천지는 어질지 않아서 만물을 풀로 만든 강아지처럼 여긴다는 뜻. 하늘과 땅은 만물에게 억지로 마음을 쓰는 것이 아니어서 자연 그대로 내맡길 뿐이라는 뜻으로 해석된다.

최후에 풀로 죽는 나무

대나무

'절개' 하면 대나무다. 곧고 강직한 줄기 때문에 충신이나 열녀의 절개와 지조를 상징하는 데에 대나무만큼 좋은 소재도 없다. 꼭 충신이나 열녀가 아니더라도 대쪽 같은 성품이라고 하면서 올곧고 정의로운 사람도 대나무에 빗대었다. 줄기는 비어 있으되 굳은 마디를 갖고 있으며 사시사철 변함없는 푸른 잎으로 살기에 사군자 중 하나로 꼽으며 사람 가까이에 심었다. 추위에 그리 강한 편은 아니어서 대개는 남부지방에서 심어 기른다.

식물로서의 대나무는 그리 대쪽 같지는 않다. 이름만 나무지 나무가 아니다. 단단한 줄기를 가진 탓에 나무처럼 보이지만 벼과에 속하는 다년생 초본으로 보는 것이 일반적이다. 벼나 보리가 단단한 줄기를 갖고 크게 자라난 것쯤으로 상상하면 된다.

대나무가 나무보다 풀꽃에 가깝다는 증거는 또 있다. 땅속으로 벋어가는 뿌리줄기가 그것이다. 대나무 밭은 땅속의 뿌리줄기로 꽉 차 있어서 아무리 심한 지진이 일어나도 끄떡없다고 한다. 번식도 뿌리줄기로 한다. 3년생부터 땅위로 싹을 내며 그것을 죽순이

라고 한다. 중국요리와 일본요리에 없어서는 안 될 귀중한 재료로, 특히 맹종죽의 죽순을 최고로 꼽는다.

종류에 따라 다르지만 대나무는 짧게는 3년에서 길게는 120년에 한 번 꽃핀다고 알려져 있다. 비축해둔 에너지의 90퍼센트 이상을 한꺼번에 쏟은 대나무는 열매를 맺는 대로 장렬한 최후를 맞는다. 그러니 대나무의 꽃은 곧 죽음을 의미한다. 그래서 대밭을 가꾸는 사람은 대나무가 꽃피는 것을 무척 두려워한다고 한다. 대나무는 사실 뿌리줄기에서 죽순을 내어 번식하기 때문에 굳이 꽃이나 열매를 만들 필요가 없다. 그럼에도 왜 꽃을 피우며 죽어갈까? 숲의 온 식구가 먹고도 남을 만큼의 열매를 맺고 한꺼번에 사라지는 대나무의 신비스런 생활상은 아직도 알려지지 않은 것이 많다.

그렇게 일생에 딱 한 번 꽃피고 죽어버리는 특성도 나무가 아니라 풀로 보는 이유가 된다. 한평생 나무처럼 살다가 마지막 순간에 자신이 풀임을 알리고 사라지는 것도 지조라면 지조다. 대쪽 같은 성품이다.

우리의 살림살이를 지켜낸

뽕나무

태조 이성계는 새 도읍인 한양 땅의 기운을 돋우고자 풍수지리를 따랐다. 누에의 머리처럼 생긴 남산 꼭대기의 형상에 맞춰 누에의 먹이가 되는 뽕나무를 심도록 권장한 것이 그것이다. 세종에 이르러서 아예 뽕나무 밭을 만들어 누에를 치게 했는데, 그곳이 지금의 잠실蠶室이라는 지명으로 남았다. 뽕나무 밭이었던 잠실에는 올림픽 스타디움과 체육관이 들어섰으니 그야말로 상전벽해桑田碧海가 따로 없다.

　농경문화권인 우리나라에서 뽕나무는 예로부터 매우 소중한 나무였다. 비단을 만드는 데 없어서는 안 될 누에의 먹이식물이 바로 뽕잎이다. 그래서 예전의 어린아이들은 학교에서 돌아오면 뽕잎을 뜯어다가 누에 방에 넣어주는 것이 일상이었다. 뽕나무 잎을 잘라 보면 멀건 물이 나오는데 그것을 누에가 좋아해서 잘 갉아먹는다. 누에는 3~4일마다 한 번씩 4번의 허물을 벗는데, 한 번씩 벗을 때마다 1령씩 쳐서 5령이 되면 입에서 실을 토해내어 타원형 고치를 만든다. 고치를 만든 후 4일이면 번데기가 되고 2주일이 지나면 나

방이 되어 날아간다고 한다. 그 전에 사람들은 고치를 삶아 명주실을 뽑고 고운 결의 비단을 짠다. 누엣가루나 누에똥은 당뇨에 좋다고 해서 쓰이고, 고치에서 빼낸 번데기는 고단백 식품으로 팔려나간다. 무엇 하나 버리는 것이 없다.

여름이면 뽕나무는 오디라 부르는 달착지근한 검은색 열매를 맺는다. 시골에서 자란 이들은 입술 까매지도록 오디를 따먹은 기억이 한번쯤은 있을 것이다. 남의 오디를 몰래 훔쳐 먹다 들키면 거짓말조차 할 수 없었다. 손과 혓바닥과 입 주위가 새까맣게 물들어 범인을 말해주고 있는데 아니라고 고개 저으면 무슨 소용이겠는가. 오디에는 소화를 돕는 성분이 있어서 방귀가 뽕뽕 잘 나오고, 그래서 뽕나무가 되었다고 한다. 열매 또한 술이나 약이나 음료로 쓴다. 뽕잎도 유용한 자원이어서 누에를 치는 일 외에 차를 만들어 마시는 데 이용한다. 뽕잎이 무성해지는 여름이면 남녀가 뽕나무 밭으로 들어가 은밀한 사랑을 나누기도 했다. 님도 보고 뽕도 딴다는 말이 거기서 나왔다. 그 당시에는 뽕 따러 가자는 말이 데이트를 하자는 은어로 쓰일 정도였다. 데이트 장소가 기껏해야 물레방앗간 정도였던 시절에는 밖에서 안이 보이지 않는 뽕나무 밭이야말로 일을 핑계로 연애하기에 좋은 곳이었을 것이다.

그처럼 뽕나무 밭은 우리네 삶의 터전이었고, 무엇 하나 버릴 것 없는 뽕나무는 우리의 살림살이를 지켜낸 나무로 기억된다. 뽕나무 밭이 많이 사라져가기는 해도 쓸모가 많기에 아직까지 명맥이 이어지고 있다. 사는 게 지고지순했던 그 옛날이 그리워지는 날에는 혼자서라도 뽕 따러 가고 싶어진다.

속리산 앞에 홀로 선 나무

정이품송

조선 제7대 임금인 세조는 재위 10년째 되는 해에 요양을 목적으로 속리산을 방문하기로 한다. 말티재를 넘어 속리산으로 가던 중에 긴 가지를 드리우고 길을 막고 서 있는 소나무를 만난다. 임금이 타는 가마인 '연輦'이 걸릴 것 같아 "연 걸린다!"라고 하자 늘어져 있던 가지가 신기하게도 스스로 올라간다. 임금의 가마라는 사실을 안 걸까? 돌아가는 길에는 갑자기 비가 와서 일행이 그 소나무 아래로 비를 피할 수 있었다. "올 때는 신기하게도 나를 무사히 지나가게 하더니 갈 때는 비를 막아주니 참으로 기특하다"고 하면서 세조는 그 나무에게 정이품正二品의 품계를 하사한다.

실제로 그랬을 리 없는 이야기지만 단종을 내쫓고 왕위에 오른 세조는 자신의 입지를 다지는 데 이용하기에 좋았을 것이다. 임금인 자신을 알아봐주는 나무가 있어서 벼슬까지 하사했다는 이야기가 전해지면 나무도 인정해준 임금이라는 인식이 생길 테니까. 그리하여 그 소나무는 뜻하지 않게 정이품의 벼슬을 받았는데, 그것이 지금의 장관에 해당된다고 하니 과해도 보통 과한 것이 아니다.

그 바람에 정이품송은 우리나라 최초이자 유일하게 벼슬하는 나무
가 되었다.

　속리산 법주사를 향해 가는 전나무 길이 끝나는 곳에 멋들어진
수형으로 홀로 선 소나무가 바로 정이품송이다. 원뿔 모양의 빼어
난 수형미 때문인지 벼슬아치의 관록 같은 것이 느껴지기도 한다.
굳이 세조가 벼슬을 내리지 않았더라도 조선 왕조 누군가가 한번
쯤은 벼슬을 내렸을 법한 외형이다. 세조가 벼슬을 내린 덕에 정이
품송은 조선왕조의 보살핌 아래 소나무로서 누릴 수 있는 권세는
다 누렸고 그것이 모두 정이품송의 역사로 기록되었다.

　그러나 현대로 들어오면서 정이품송의 역사는 아픈 역사만 추가
되었다. 1935년에는 정이품송 바로 아래로 도로를 내어 차가 지나
다닐 수 있었다고 한다. 1962년에 들어 천연기념물 제103호로 지정
되어 보호하기 시작했지만 솔잎혹파리 때문에 1982년에는 거대한
방충망 속에 갇혀 지내는 신세가 되기도 했다. 1980년대 들어서는
보호구역을 설정하여 그나마 좀 나았다. 다행히도 1991년에는 수세
를 회복해서 방충망을 완전히 제거했다. 하지만 세월은 어쩔 수가
없었는지 그 이후로 수세가 나빠지면서 철골 구조물이 설치되기에
이르렀다. 또 쉼터를 만든답시고 주변의 흙을 덮었다 파헤치는가
하면 암나무와 수나무로 나눠지는 것이 아닌 소나무인데도 늦장가
를 보내는 촌극까지 벌렸다. 사실 정이품송에게는 7킬로미터 떨어

진 서원리에 본부인인 정부인송이 있는데도 말이다. 제 몸뚱이조차 가누기 힘들어 철골 구조물에 의지해야 하는 신세인 800년 된 나무를 너무 못 살게 구는 건 아닐까?

정이품송의 진짜 아픈 역사는 그 후에도 이어졌다. 정면에서 보기에 언뜻 아름다운 수형 같지만 옆에서 보면 처참한 몰골이 드러나 놀라게 된다. 1993년에는 강풍에 좌측의 앞쪽 가지가 부러졌고, 2004년 3월 폭설에 좌측 상부 가지 2개가 부러지는 피해를 입은 탓에 그 빼어난 균형미가 깨지고 말았다. 강풍과 폭설을 견뎌내지 못할 만큼 노쇠해질 대로 노쇠해진 몸이 첫 번째 이유일 것이다. 하지만 그보다는 벌판이나 다름없는 곳에 홀로 서서 모진 바람과 눈을 맞아야 하다 보니 그런 것일 수 있다. 특별한 나무 대접을 받으며 주위에 친구 하나 없이 혼자 살아야 했던 탓에 강풍과 폭설에 함께 맞서줄 친구가 없었던 것이다. 조선왕조실록에는 이곳에 병풍송이라는 소나무가 있었던 것으로 언급된다. 그것으로 보아 그 당시에는 경관이 수려한 소나무가 있었을 것이라고 한다. 그러니 분명 정이품송 혼자서 살아간 것은 아니었을 것인데, 높은 벼슬을 받고 사람들의 관심과 사랑과 보호를 받으면서 사는 동안 자연히 다른 나무와 떨어져 지내게 되었을 것이다. 그렇게 몇 백 년의 세월이 흐르는 동안 정이품송은 주변의 다른 나무를 잃고 보호구역 안에 홀로 가둬져서는 고독의 형벌을 받는 수감자 신세로 전락했다. 정이품송은 과거의 영예와 드높은 신분도 모두 내려놓고 뿌리를 들어 다른 소나무들의 곁으로 가서 살고 싶지 않을까? 그들과 함께 세상 사는 이야기도 나누고 힘들 때 위로가 되어주고 한데 뿌리를 엉키고 가지를 겯고 서서 모진 바람과 맞서 싸우며 여생을 그들과 살다 가고 싶지 않을까? 아무도 접근 못 할 테두리를 가진 정이품송은 앞으로도 혼자 강풍과 폭설을 견뎌야 하니 적잖이 걱정스럽다. 속세와 이별한다는 산, 속리산으로 들어가 차라리 나무 본연의 삶을 살고 싶진 않을까? 속리산이 코앞인데 정이품송에겐 너무 먼 산이 되었다.

인간을 살리는 푸른 숲

여름비 내리는 소나무 숲은 푸르다 못 해 검푸른 기운이 휘돈다. 미생물의 활동이 활발해진 숲에서 스스로를 보호하기 위해 소나무가 내어놓는 방어물질이 수증기에 섞여 특유의 색감으로 나타나는 것이다. 향기를 품은 화학성분인 피톤치드는 익히 잘 알려진 대로 휘발성의 테르펜류다. 일종의 살충제 같은 살균성분의 방향물질이다. 그래서 소나무 숲으로 들어가 고농도의 피톤치드 속에서 숨을 쉬면 마치 샤워를 한 것처럼 몸속의 잡균이 사라진 듯한 상쾌한 기분을 느낀다. 삼림욕은 그렇게 시작되었다.

소나무의 피톤치드는 주변의 다른 식물들조차 자라지 못 하게 할 정도로 강력한 방어물질을 내놓는다. 그래서 방어라기보다는 공격에 가깝다. 방어를 빙자한 공격! 그것이 피톤치드다. 소나무 숲이 싱싱할 수 있는 건 제 몸을 보호하기 위한 명목으로 해가 되는 모든 미생물들을 살처분하기 때문이다. 그 과잉방어로 인해 소나무 숲은 미생물뿐 아니라 다른 식물이 들어와 자랄 수 있는 한 뼘 공간조차 허락하지 않는다. 솔잎 잔뜩 떨어진 소나무 숲은 방부

제 뿌린 듯 잘 썩지도 않는다. 그런 곳에서는 기껏해야 노루발풀이
나 진달래 종류 외에는 잘 자라지 못 한다. 그러므로 소나무 숲은
견고한 성처럼 보호된다. 그래서 야생의 소나무 숲은 다른 나무와

섞이지 않고 자기들끼리 군락을 이루는 것이 보통이다. 덕분에 인
간에게는 치유의 숲이 되어준다.

향기의 발견

칡이 구황작물 역할을 하던 시절에는 그 뿌리를 캐어 먹는 이른봄에나 관심을 두었다. 새로 돋아난 줄기만 보고도 칡인 줄 알아보는 것도 재주라면 재주여서 얼른얼른 찾아내 한 아름씩 캐어 가는 동네 형들은 존경과 부러움에 대상이었다. 지금 생각하면 칡줄기를 찾아내는 일은 아주 쉽다. 거무튀튀한 갈색 털을 쓰고 나오는 줄기를 찾아 그것을 잘라봐서 칡 냄새가 나면 백발백중 칡이다. 배워서 알았는지 타고난 건지 그런 능력을 가진 형들은 삽 한 자루만 들고 산에 올라가면 한 자루씩 칡을 캐서 내려오곤 했다. 캐어낸 칡뿌리는 작두 같은 것으로 손가락 길이만큼씩 잘라 먹었다. 이로 겉껍질을 벗겨내고 그 속을 뜯어 껌처럼 씹으면 약간 텁텁한 단물이 나온다. 국물만 쏙 빨아먹고 남은 찌꺼기는 뱉어낸다. 알칡이라고 해서 알이 밴 것처럼 생긴 것은 살이 연하고 부드러워 뱉어낼 것 없이 모두 먹었다. 지금 생각해 보면 아마도 그런 것들은 1~2년생의 어린 칡의 뿌리가 아닌가 싶다.

우리는 기껏해야 손목만한 굵기의 것이나 캐고 그랬는데, 길거

리에서 칡즙 파는 곳을 보면 어디서 그렇게 팔뚝만한 굵기의 칡을 캐오는 건지 신기했다. 사실 숲속에서 검은 뱀처럼 다른 나무를 휘감고 오르는 것은 대개 칡이기에 줄기가 그 정도 굵기면 뿌리도 엄청나게 굵다. 최소한 땅 위의 줄기보다 굵은 뿌리가 땅속에 들어있다고 보면 맞다. 아마도 그런 데서 장비를 이용해 파낸 칡이 아닌가 싶다. 어른들은 칡에서 뽑아낸 녹말가루로 칼국수나 냉면을 해먹기도 한다. 온 산을 누비고 다니면서 많이 캐온대도 칡에서 풀어낸 녹말은 밑바닥에 얼마 고이지 않는다. 그래서 거기에다 밀가루나 전분 같은 것을 섞어 양을 늘린다. 칡은 줄기가 질기고 잘 썩지 않아 바구니나 밧줄을 엮기도 한다. 껍질을 이용해 '갈포'라는 옷감을 짜기도 하며 '갈포지'라고 하는 벽지를 만들기도 한다. '갈근차'라고 하는 차를 만들어 마시거나 약재로 쓰기도 하는 등 예로부터 쓰임새가 많았던 덩굴나무다. '갈葛'자가 들어가는 것들은 대개 칡과 연관이 있는데, 흔한 덩굴나무이다 보니 고사에도 등장한다. '갈등葛藤'의 '갈'이 바로 칡이다. '등'은 등나무를 뜻한다. 두 덩굴나무가 한데 얽힌 것처럼 도저히 풀기 어려운 상황을 일컬어 갈등이라고 한다.

이렇게 칡에 대해 잘 아는 사람일지라도 잘 모르는 사실이 하나 있다. 칡에 대한 재발견은 대개 한여름의 아침 숲에서 이루어진다. 산책이라도 할 겸 가벼이 들른 산길에서 상쾌하고 달콤한 향기를 맡게 되는 순간이 있다. 대체 어디에서 나는 걸까 하고 찾다 보면 어느새 눈앞에 칡의 꽃이 놓인다. 빨간 바탕에 노란색 무늬가 있는 꽃이 공작새의 깃털 무늬 같기도 하고 타오르는 불꽃 같기도 하다. 그 꽃에서 정말이지 생각지도 못 한 향기가 난다. 뿌리만 알고 지내던 칡의 꽃에서 그렇게 달콤하고 상쾌한 향기가 나다니……. 숲의 비밀 한 가지를 안 것 같아 기분까지 좋아진다.

북녘땅의 청보라색 진달래

황산차

북녘 땅의 식물을 맘껏 탐사할 수 없는 안타까움을 근래에 들어 중국 쪽에서 풀어보려는 시도를 많이 한다. 분명 우리의 땅은 아니지만 북부지방에 자란다고 기록되어 있는 식물은 그런 방법으로밖에 찾아볼 수 없는 것이 현실이다. 하지만 그나마도 아직은 안내해줄 인력자원(가이드)이 풍부하지 않은 탓에 1년 전에 미리 예약해두지 않으면 기회를 잡기가 쉽지 않다.

작년에는 6월 초순경에 피는 식물을 보기 위해 일정을 잡았다. 인원은 총 7명. 육로로는 갈 수 없기에 하늘길로 해서 북한 땅을 에둘러 날아가서 연길공항에 내렸다. 하필 예년에 비해 개화기가 늦어지는 바람에 애써 잡은 일정을 모두 바꿔버려야 했다. 비까지 부슬부슬 내리는 통에 첫날 일정은 서둘러 마감하고 말았다.

다행히도 이튿날에는 맑게 갠 날씨가 되어 시계가 훤히 뚫려 있었다. 황송포라는 습지로 가서 장화를 신고 들어가 질퍽질퍽한 땅을 열심히 뒤졌지만 워낙 개화기가 이른 탓에 이제 겨우 피기 시작하는 조름나물 외에 함경딸기와 월귤을 간신히 찾아내 찍은 것이

월귤

전부였다. 함경딸기라는 나무는 이름처럼 함경도에서나 볼 수 있어서 남한에는 없는 식물로, 꽃이 진한 보라색인 것이 아주 예쁘다. 월귤은 최근에 남한에서도 홍천의 풍혈 주변에서 발견된 바 있기는 하지만 매우 보기 드문 키 작은 꽃나무다. 보고 싶어했던 넌출월귤은 바닥에 많았지만 꽃이 핀 것은 찾아보기 어려웠다.

실망감을 감추지 못 한 채 다음 목적지로 이동하기로 했다. 거대한 나무숲 사이로 난 아름다운 길을 따라 한참을 달려가다 보니 가

이드가 가리키는 손끝에 아직 녹지 않은 허연 눈을 뒤집어쓰고 있는 백두산이 보였다. 그 시원스런 풍경을 내 동공 안에 담을 수 있다는 것만으로도 행운이구나 싶었다. 훼손되지 않은 원시림이 주는 아름다움과 경이로움은 남한 땅에서는 보기 어려운 것이라 일행의 입에서는 감탄사가 끊임없이 흘러나왔다.

그 아름다운 광경에 흥분한 목소리로 떠들어대며 얼마쯤 갔을까? 이번에는 가이드가 손가락을 입에 가져다대며 "쉿!" 소리를 냈다. 여기서부터는 조용히 해야 한단다. 이곳은 북한 땅과 경계가 가까운 지역으로, 가끔 북한군이 매복훈련을 나오기도 하기 때문에 잘못하면 총질을 당할 수도 있다고 했다. 잘잘못이 누구에게 있건 일단 쏘고 보는 그네들이 떠올려졌는지 모두들 입에 지퍼를 채우고 불안한 눈동자를 굴려댔다. 앗! 그런데 그곳에도 꽃이 있지 뭔가? 진달래 같기는 한데 진달래치고는 꽃이 색이 좀 다랐다. 그리고 아무리 북부지방이라지만 6월인데 무슨 진달래가? 남한에서는 못 본 꽃나무가 분명했다. 일단 차부터 세우라고 했다. 북한군이 없다는 사실을 확인한 후 조용조용히 내려서 그 꽃나무한테로 달려가는 순간, 황산차임을 알아차렸다. 진달래과의 식물인 황산차는 북한의 양강도와 함경도의 고산지대 습원이나 풀밭에서 자라는 키 작은 상록성 나무로, 당연히 남한에서는 볼 수 없는 나무다. 진달래와 비슷하지만 꽃밥이 주황색인 점이 다르고, 꽃이 좀 더 탁한 청보라색을 띠는 점도 달랐다. 빛이 들어왔을 때와 나갔을 때의 꽃의 색감이 확연히 다른 것도 신기했다. 꽃에 굶주렸던 허기가 조금이나마 채워지는 순간이었다. 하지만 어디서 북한군의 총알이 날아올지 모른다는 생각에 다들 낮은 포복으로 기어다니며 조용조용히 카메라에 담았다. 가이드의 말로는 백산차는 김일성과 김정일이 정력제라고 하면서 차로 먹었다고 한다. 아마도 진달래와 달리 그 추운 곳에서 상록성으로 자라는 나무다 보니 꼭 정력제까지는 아니더라도 좋은 약효를 품었다고 믿은 모양이다. 황산차도 먹었는지 모르겠는데, 황산차의 잎에서는 향기가 나지 않는 걸로 봐서 아마도 아니지 싶다.

열심히, 그렇지만 간신히 다 찍고 나서 다시 차로 돌아와 가던 길을 마저 갔다. 우리가 지금 가는 곳은 '원지圓池'라는 호수라고 했다. 그곳은 한국 학자들도 많이 와서 조사를 하고 가는 동그란 호수인데 경치가 아주 멋지다고 했다. 기대를 품고 얼마 가지 않아 당도한 그곳에서 모두들 입을 다물지 못 할 정도의 감탄과 함께 허망한 한탄의 소리를 늘어놓았다. 원지 주변은 황산차의 청보라색 꽃으로 가득했다. 파란 호수와 파란 하늘이 어우러진 꽃밭 풍경이 너무나도 환상적이어서 감탄을 금치 못 하기는 했지만 황산차가 여기에 이렇게 많다는 사실을 가이드가 알고 있었다면 구태여 아까 오던 길에서 목숨 걸고 마음 졸이면서 찍을 필요가 없지 않았느

원지

나는 불만의 목소리가 나오는 것이었다. 그러나 불만도 잠시, 황산차와 원지의 아름다움을 카메라에 담느라 정신이 없었다. 호수 정면에는 '천녀욕궁지天女浴躬池'라고 필기체로 써놓은 비석이 세워져 있었다. 선녀가 와서 몸을 씻었던 곳인 모양이다. 그렇다면 선녀가 옷을 벗어 황산차 가지에 걸어놓지 않았을까 싶다. 우리는 준비해 온 도시락을 나눠먹으며 그 호수의 풍경을 신선처럼 즐겼다. 신선놀음까지는 아니더라도 황산차놀음에 시간 가는 줄 몰랐다.

경쟁 속의 동업자 정신

숲의 나무는 웬만해서는 잘 쓰러지지 않는다. 도심의 가로수가 무참히 뽑혀나가는 순간에도 숲의 나무는 비교적 안전하게 서 있다. 그 이유는 뿌리에 있다. 지상의 공간이야 철저히 나누어 갖지만 햇빛이 동인動因이 되지 않는 땅속 세계는 길고 굵은 뿌리로 한데 얽혀 있다. 그것이 밧줄처럼 서로를 지탱해주기에 웬만한 바람에도 넘어지지 않고 버텨내는 힘을 갖는다. 나무에게 있어 뿌리를 드러내고 눕는다는 건 죽음을 의미한다. 그렇기에 제 힘만으로 버텨낼 수 없는 강풍이 불어오면 서로에게 의지한 채 넘어지지 않기 위해 안간힘을 쓴다. 각각의 나무끼리는 엄연한 경쟁자 관계지만 더 큰 생명의 위협 앞에서는 하나 된 힘을 발휘한다. 경쟁 속의 동업자 정신! 그것이 숲을 있게 한다.

숲과 공간

숲에서 빈 땅이란 있을 수 없다. 아무것도 없어 보이는 곳에서도 여러 뿌리와 씨앗은 기회를 엿보며 치열한 땅속 다툼을 벌인다. 무수한 개체들이 얽혀 사는 공간에서 놀리는 땅은 그 어디에도 없다.

그 복잡 미묘한 숲속 공간은 각 구성원의 생태적 지위에 맞게끔 세세히 분할되어 있다. 숲은 외부에서의 틈입을 순순히 허용하지 않을 정도로 빼곡하다. 질서로운 숲의 세계에 가장 큰 변수로 작용하는 계절은 여름이다. 송곳 하나 꽂을 만큼의 공간도 쉽사리 허용하지 않던 숲에 폭우와 태풍과 벼락을 동반한 천재지변은 새로운 공간을 뻥 뚫어준다. 새로 생긴 빈틈으로 하늘이 열린다. 거목의 큰 가지 하나만 부러져도 많은 생명을 깨우는 빛이 보석처럼 쏟아져 들어온다. 뿌리를 드러내고 누운 거목의 쓰러짐은 보다 많은 생명에게 기회의 시간과 장소를 제공한다. 산사태라도 일어나면 일순간 혼돈으로 빠져들지만 더욱 많은 생명의 교체가 이루어진다. 암묵적으로 유지되던 질서는 예상치 못 한 방향으로 재구성된다.

빛의 양이 달라진 곳에서는 변화의 조짐이 보인다. 달라진 빛의

파장을 감지한 씨앗들은 지상으로의 첫발을 내딛기로 결심한다. 숲은 긴장한다. 새로운 구성원의 등장에 대한 승인 여부가 결정되고 숲의 일원들은 숲의 안정화에 만전을 기한다. 안정이 끝나가는 대로 숲은 다시 공간 확보를 위한 새로운 경쟁체제로 돌입한다.

가을은 축제의 시간이다. 빛나는 열매와 장엄한 피날레 모두 성스러운 축제다. 여름날의 모든 수고로움을 몇 알의 열매로 바꿔놓고, 마지막 남은 열정은 단풍빛으로 바꾸어 황홀히 불사르며 축제는 마감된다.

또한 가을은 비워내는 시간이다. 미련도 집착도 이제는 필요 없다. 짐스러웠던 것들은 모두 훌훌 벗어버리고 뿌리로 돌아가기 위한 내려놓음의 시간을 맞는다. 나무의 한쪽 어깨가 풍경에 물들면 이제 가야 할 때가 되었다는 뜻이다. 우린 모두 끝이 있어 아름다운 길을 걷는다.

색즉시공! 낙엽과 빈 몸뚱이만 남기고 숲은 텅 빈 공간으로 충만해진다.

향기로운 추억

계수나무

계수나무는 알아도 그 꽃을 본 이는 많지 않다. 이른 시기에 잎도 나지 않은 맨가지에 꽃잎도 없이 암술과 수술만으로 된 꽃을 슬쩍 내밀고 마니 그게 꽃인지 그 나무가 계수나무인지 알아보는 이가 없다. 형식미조차 갖추지 않은 꽃이기에 그런 사실을 알고 찾아보려는 이가 아니라면 아마 평생 가도 눈에 띄지 않을지 모른다. 암수가 다른 나무라 암꽃과 수꽃이 각각 다른 나무에 달린다. 계수나무가 꽃잎이 없는 꽃을 피운다는 건 화려하게 꾸미지를 않는다는 뜻이고, 꾸미지를 않는다는 건 누군가에게 잘 보일 필요가 없다는 뜻이다. 계수나무는 곤충한테 잘 보일 필요가 없다. 곤충 대신 바람의 힘을 빌려 수꽃의 꽃가루를 암꽃한테로 날려주면 그만이다. 식물에게 있어 꽃은 생애의 절정이지만 치장할 이유 없는 나무에게 있어 꽃은 그저 열매를 맺기 위한 기관에 지나지 않는다.

꽃이 다 진 후에 돋는 잎을 보면 사정은 좀 달라진다. 하트 모양의 잎을 온몸 가득 매달아 꽃으로 표현하지 못 한 사랑을 듬뿍 표한다. 바람이 불 때마다 살랑살랑 흔들어대는 모습은 더없이 사랑스럽다. 계수나무가 암수한그루였대도 하트 모양의 잎을 가졌을까?

　서로에게 끊임없이 러브콜을 보낸 잎은 가을이 되면 황갈색으로 물들었다가 낙엽이 되어 하나둘 땅위로 내려앉는다. 사랑을 나눈 만큼의 달콤함이 깃들었는지 떨어져 쌓인 낙엽더미 속에서 설탕물 끓이는 향기가 난다. 당분 가득 머금고 떨어진 잎이 발효되어 나는 향기다. 달콤했던 사랑의 추억도 가져다 끓이면 그런 향기가 날까? 추억은 그렇게 향기로워야 한다. 계수나무처럼 코끝에 살랑거리는 추억 하나쯤 발밑에 묻고 살아볼 일이다. 후회 없이 사랑하면 추억도 향기롭다.

제 품에 맞는 열매

너도밤나무

얼마 전까지만 해도 너도밤나무는 세계에서 오직 우리나라에서만 자라는 것으로 알려졌다. 그런 이유로 그 가치를 더욱 높게 평가받았으나 중국의 내륙에서도 자라는 것이 확인되어 한국특산식물의 지위는 내려놓게 되었다. 그래도 한반도 땅에서는 오직 울릉도에서만 볼 수 있다. 울릉도에는 지천으로 널려 있어 귀한 나무인 줄 모른다.

태하령의 군락지나 성인봉 주변의 원시림에도 너도밤나무 숲이 우거져 있다. 그곳들도 좋지만 내수전 전망대 쪽에서 바다 풍경과 어우러진 너도밤나무를 내려다보는 것이 눈에 더 시원해서 좋다. 이른봄에 돋는 너도밤나무의 뽀얀 솜털 달린 연둣빛 새순을 본 사람이라면 매년 울릉도행 배편에 몸을 싣고 싶어질 것이다. 겨울눈의 겉껍질을 벗어내며 펼쳐 보이는 연둣빛 속살도 아름답고, 새로 돋은 잎을 팔랑거리며 햇살에 반짝이는 모습도 싱그럽기 그지없다. 나뭇잎이 가진 색이 저리도 아름다울 수 있구나 하고 새로운 발견이라도 한 듯 감탄하게 된다.

밤나무가 그러하듯 너도밤나무도 암꽃과 수꽃이 한 나무에 핀다. 4월 말이면 밤꽃과는 완전히 다르게 생긴 꽃이 달린다. 수꽃은 수술이 자잘하게 여러 개가 달리고, 암꽃은 작은 고슴도치나 아주 까리의 열매처럼 생겼다. 꽃은 대개 높은 나무에 다닥다닥 달려서 가까이에서 보기가 쉽지 않지만 운이 좋으면 손닿는 곳에 핀 것도 만날 수 있다.

열매는 밤나무처럼 10월에 익어간다. 밤나무의 밤보다는 훨씬 작고 모양도 다르지만 익으면 갈라져 벌어지는 것은 같다. 그 안에는 끝이 뾰족한 게 잣처럼 생긴 씨가 몇 개 모여 있다. 까서 먹어보면 밤맛이 난다. 그래, 너도 밤나무구나 하게 된다. 하지만 작아도 너무 작은 열매다. 너도밤나무는 한입거리도 안 되는 열매를 무엇하려고 맺어놓았을까? 배포가 작아서 그런가? 하지만 그건 어디까지나 인간 중심적인 생각이다. 새나 다람쥐의 입장에서 보면 결코 작은 열매가 아니다. 그리고 울릉도에는 흑비둘기나 다람쥐보다 큰 동물도 없다. 그런 곳에서 굳이 커다란 열매를 맺어놓을 필요가 없다. 모름지기 쓰임새란 쓰는 자에게 달렸다. 너도밤나무는 결코 작은 열매를 맺는 게 아니라 적당한 열매를 맺는다.

화석에서 가로수로

메타세쿼이아

때는 1941년! 태평양전쟁의 시발이 된 중일전쟁이 발발하자 중국 정부는 서쪽의 산간지대로 쫓기게 된다. 그러다 양자강의 한 지류인 마도계磨刀溪의 산골에서 이름 모를 거대한 신목을 발견한다. 어쩌면 상당히 난감했을 것 같다. 당장 눈앞에서 벌어지는 전쟁이 시급한데 새로운 나무를 만나다니……. 전쟁 통이라 경황이 없었지만 이상하다 여기어 남경대학교에 채집본을 보낸다. 모든 전쟁이 끝나고 1946년에 그 나무가 발표되자 식물학계는 신선한 충격에 휩싸인다. 그동안 박물관의 화석으로만 남아 있다고 여겼던 어느 거대한 나무가 지금까지 실제로 존재한다는 발표였기 때문이다. 수삼목水杉木이라는 이름의 그 주인공이 바로 메타세쿼이아다! 그 후 메타세쿼이아는 소철과 은행나무와 더불어 '살아 있는 화석식물'로 불리며 널리 보급되었고, 불과 수십 년 사이에 전 세계로 급속히 퍼져나갔다. 우리나라에는 미국과 일본을 거쳐 1960년대부터 들여와 가로수와 공원수로 심기 시작했다. 지금은 아파트나 수목원 등지에 심어지지 않은 곳이 없을 정도도 흔히 보는 나무가 되었다.

원산지는 중국이지만 우리나라의 포항에서도 화석이 발견되는 나무인 점을 볼 때 원래부터 한반도의 환경에서 잘 자라던 나무임이 분명하다.

메타세쿼이아는 곧게 뻗은 수형이 시원스럽고 아름답다. 줄지어 심어놓으면 낭만적인 정경을 자아낸다. 게다가 나무줄기가 두껍고 거칠거칠해서 원시림 같은 느낌을 주기 때문에 대단위로 심은 곳마다 명소의 반열에 오른다. 그 중 단연 으뜸으로 꼽히는 곳이 전남 담양군의 메타세쿼이아 길이다. 전국적인 가로수 조성사업이 실시되던 1970년대 초에 심은 3~4년 된 묘목이 그 시초였다. 지금은 10~20미터 높이의 어른 나무로 자라나 해마다 수많은 관광객들을 불러들이는 담양군의 효자나무가 되었다.

이국적인 풍치 못지않게 메타세쿼이아가 가로수로 인기가 높은 이유는 더 있다. 계절의 변화에 따른 모습이 아름답고 낭만적이라는 점이 그것이다. 가을로 접어들면 메타세쿼이아는 새 깃털 모양의 푸른 잎을 모두 짙은 갈색으로 바꿔버린다. 마치 북유럽 소녀의 빨간 머리 같다. 비교적 보기 드문 색감의 단풍인지라 찾는 이가 적지 않다. 잎을 다 떨구고 나목이 된 겨울에도 메타세쿼이아의 수형이 더욱 드높아 보인다. 하늘을 찌를 듯이 곧게 뻗은 수목의 풍경 아래에 하얀 눈이 카펫처럼 깔린 길을 걷는 일은 상상만 해도 낭만적이다.

길이란 무릇 걷고 싶어져야 한다. 사람을 위한 길이라면 더욱 그렇다. 그래야 사람의 발길을 모으고 길은 점점 의미가 확장된다. 생각만으로도 설레는 길, 자꾸만 서성이고 싶게 만드는 길, 행여나 하여 마음 흐뭇해지는 길! 그런 길에 메타세쿼이아가 서 있다.

더 높은 곳으로의 갈망

담쟁이덩굴

담쟁이덩굴은 원래 담을 타는 덩굴이 아니다. 빛을 좋아하는 담쟁이덩굴은 높은 나무를 타고 그 나무보다 더 높은 곳을 바라보고 싶어하는 존재다. 그러나 세상 일이 마음대로 되는 것은 아니듯이 담쟁이덩굴의 운명도 자기 마음대로가 아니다. 자신의 운명이 담장 옆으로 주어진다면 아쉬운 대로 담장이라도 타고 오르는 수밖에 없다. 담장은 쉬이 정복된다. 일반적인 덩굴처럼 무언가를 휘감지 않고 개구리발가락 같은 뿌리를 빨판처럼 이용해 곧게 타고 오르기 때문이다. 하지만 사람의 눈 높이를 가릴 정도가 되면 더 오를 곳이 없다. 그때부터는 담장을 끼고 옆으로 가기 시작한다. 위가 아니라 옆! 지향점의 변화가 달갑지는 않지만 어쩔 수 없다. 담벼락을 가득 채우고도 모자라 남의 담까지 넘보는 이유는 단순하다. 그러다 다른 건물의 벽이라도 닿게 되면 더 높은 곳을 향해 오를 수 있기 때문이다. 그러나 대부분의 건물은 이미 선점하고 있는 자들이 있어 담쟁이덩굴에게 쉽사리 자리를 내어주지 않는다.

더 높은 곳으로 오르고 싶어하는 것이야 덩굴식물의 본성이지만 담쟁이덩굴은 또 다른 이유가 있어서 그런다. 더 붉고 아름다운 단풍! 담쟁이덩굴은 그것을 갈망한다. 같은 담쟁이덩굴이라도 햇빛을 잘 받는 높은 곳의 잎은 더욱 붉게 물들어 가을이면 마치 최후의 승자처럼 빨간 손수건을 흔든다. 그렇지 않은 것들은 황갈색의 지저분한 단풍으로 물들고 만다.

담장에 붙어살기는 하지만 담장 안을 넘보는 것이 아니다. 더 높은 곳을 오르기 위해 잠시 옆으로 갈 뿐이다. 보다 높은 곳에 꿈을 두고 담쟁이덩굴은 오른다. 오늘은 잠시 옆으로 갈 뿐이다.

임금님의 과일

귤나무

제주도에서 꼭 보아야 한다는 영주10경 중에 '귤림추색^{橘林秋色}'이 있다. 귤밭이 얼마나 아름답기에 절경으로 넘쳐나는 제주도에서도 열 손가락 안에 꼽힌다는 걸까? 제주도에 귤밭은 유채밭보다 흔하다. 봄이나 여름의 귤밭은 그저 푸른 잎과 하얀 꽃밖에 볼 것이 없다. 단풍이 드는 것도 아닌 귤나무에서 무슨 가을색이 느껴진다는 건지 모를 일이다. 별다른 기대 없이 늦가을에 제주 땅을 방문하면 귤림추색의 황홀한 아름다움에 폭 빠지게 된다. 끝도 없이 펼쳐진 너른 귤밭의 주황색 경치에 탄성이 절로 나온다. 한두 개도 아니고 수천 개의 귤이 달린 풍경을 상상하면 된다. 그런 곳이 한두 군데가 아니다. 가을 제주도는 '귤나라'라는 말이 실감날 정도로 제주도의 가을은 온통 귤 천지다. 과일나무가 보여주는 그 장대한 풍경 앞에 안 먹어도 배부르다는 소리가 절로 나온다. 제주의 풍광을 모두 빨아들여 그 안에 담아놓았을 테니 맛이야 의심할 여지가 없다.

어쩌다 귤이 제주도에 전해졌을까? 제주도를 상징하는 귤나무는 백제시대 때부터 문헌에 나타날 정도로 아주 오래 전에 일본에

서 들여왔다고 한다. 하지만 귤은 임금님께 올리는 진상품이어서 일반 백성들은 구경하기조차 어려운 과일이었다. 신하나 관리에게 하사하는 것조차 아낄 정도였다고 하니 근엄하신 임금님도 이불 속에 숨겨놓고 혼자 몰래 귤 까먹는 재미로 겨울밤을 보내지 않았을까 싶다. 그런 임금님도 모르는 것이 하나 있다. 원래 조각으로 나눠진 과일은 다른 사람과 나눠먹어야 한다는 것을!

그 옛날에는 엄격한 신분제도로 인해 임금님의 음식을 함부로 탐할 수 없었다. 지금은 나랏님이 먹는 것을 서민도 먹을 수 있는 시대가 되었다. 임금님의 용안을 함부로 올려다볼 수도 없었던 시기의 귤이 지금은 온 국민의 겨울철 감기 예방에 좋은 과일이 되었으니 평등한 사회가 된 건가? 최소한 귤 앞에서만큼은 평등하게 나눠먹을 수 있어서 좋다.

제각각의 앉음앉음

밤나무

아람 벌어진 밤송이를 들여다보고 있노라면 오탁번 시인의 시 〈밤〉
이 절로 떠오른다.

> 할아버지 산소 가는 길
> 밤나무 밑에는
> 알밤도 송이밤도
> 소도록이 떨어져 있다
>
> 밤송이를 까면
> 밤 하나하나에도
> 다 앉음앉음이 있어
> 쭉정밤 회오리밤 쌍동밤
> 생애의 모습 저마다 또렷하다
>
> 한가위 보름달을

손전등 삼아

하느님도

내 생애의 껍질을 까고 있다

어떻게 밤송이를 보고 '앉음앉음'이라고 표현할 수 있을까? 그 앉음앉음에서 한 이불을 덮고 자던 시절의 따뜻한 형제애가 느껴진다. 출산율이 낮아진 요즘은 살을 비비고 자란 형제자매에 대한 의미가 아무래도 좀 축소되었지만 60~70년대 베이비붐 시대를 관통해 온 세대들은 까칠한 밤송이 안의 밤알들을 보면서 그 옛날을 떠올릴 것이다. 그때는 방을 함께 쓰는 것은 물론이고 이불도 같은 이불을 덮고 잤다. 그래서 겨울밤이면 거북이처럼 이불 속에 손발 넣고 목만 내밀고 자다가 어느 한쪽으로 이불이 둘둘 말리면 그걸 뺏고 빼앗는 전쟁을 밤새 치르고 그랬다. 그 시절의 겨울은 왜 그리도 추웠는지……. 그러나 그랬기에 추억만큼은 따뜻했던 시절이었다. 하나의 찌개를 앞에 놓고 둘러앉아 숟가락 젓가락 부딪는 소리를 내면서 먹던 시절이 아랫목처럼 그립다. 윗목보다 왜 아랫목이 따뜻한지를 아는 세대라면 한번쯤 연탄가스도 마셔보았을 것이다. 목숨을 잃을 뻔한 일이 비일비재했어도 목숨이 왜 소중한지는 알았던 시절의 이야기다. 돈독한 형제처럼 들어앉은 알밤을 보며 잊혀져가는 추억을 주워 올린다.

단풍보다 붉은 단풍

복자기

'단풍' 하면 단풍나무보다 복자기가 최고다. 복자기가 내는 타는 듯한 붉은색을 본 사람이라면 누구나 고개 끄덕인다. 가을 산행에 나선 이들로 하여금 가장 많은 탄성을 지르게 하는 것도 가까이서 보면 대개 복자기다. 복자기 없이 단풍나무 혼자 우리 산야의 단풍을 책임지라고 했다면 두 손 들었을 것이다.

같은 단풍나무과의 나무지만 복자기는 서산에 지는 노을처럼 마지막을 향해 가는 것들의 장엄함을 보여준다. 산의 형세를 이지러뜨리며 활활 타오르는 산불 같다. 저 혼자 붉지 않고 그 밑으로 지나가는 사람들의 마음도 온통 붉게 엎지른다. 복자기가 내는 가을빛에는 안토시아닌(붉은색 계통의 색깔을 내는 색소) 말고도 우리가 모르는 복합적인 정서가 다량 함유되어 흐르는 모양이다. 참고 참았던 눈물 같은 것! 아무한테도 얘기하지 못 했던 아픔 같은 것! 가슴 깊이 멍울져 있던 피고름 같은 것! 제 몸에 휘발유를 끼얹고 분신하는 청년의 몸빛도 그러했으리라.

단풍나무보다 더 붉은 빛의 복자기.

소금나무

붉나무

나무에 소금이 열린다? 말이 되지 않는 말 같지만 말이 된다. 그런 나무가 우리나라 산야에 널려 있다. 이름은 붉나무! 붉나무가 붉나무인 이유는 참 단순하다. 가을이면 온몸에 붉은 단풍이 들어서 붉나무다. 붉나무의 가을 단풍은 다섯 손가락 안에 꼽아주지 않으면 서운하다. 연세 지긋한 어르신들은 붉나무 하면 고개를 갸웃거려도 오배자나무 하면 바로 고개 끄덕인다. 붉나무의 나뭇가지에는 달리는 오배자五倍子라는 벌레집으로 옷감을 염색했기 때문이다. 오배자로 염색한 천은 탁한 청보라색을 띤다.

붉나무는 땡볕이 쏟아지는 여름이면 가지 끝에 자잘한 황백색 꽃을 원뿔 모양으로 모아 피운다. 가을로 접어들면 곡물 모양의 자잘한 열매가 달리는데, 겉에 분가루 같은 것이 붙어 있다. 뭔가 싶어 만져보면 물이 되어 흘러버린다. 입으로 가져가보면 짠맛이 느껴진다. 그냥 짠 것이 아니라 약간 신맛이 도는 짠맛이다. 성분이 소금과 같아서 두부를 만들 때 간수 대신 넣기도 하는 물이다. 붉나무는 나뭇가지를 잘라서 맛을 봐도 짠맛이 난다. 체질적으로 짠

나무다. 그래서 아예 짠나무라 부르기도 한다. 암수가 다른 나무이
므로 암나무에서만 그런 열매가 달린다.

　지금이야 흔한 게 소금이지만 예로부터 소금은 소중한 양념이었
다. 빛과 소금이 되어 살라 하듯이 우리 생활에 꼭 필요한 성분이
바로 소금이다. 빛이 되기 어렵다면 소금이라도 되어야겠다. 누구
의 심심한 입맛에 밑간이라도 맞춰줄 수 있어야겠다.

영혼의 무게를 덜다

고목

이젠 어느덧 나이를 세는 것도 잊었다. 모든 것에 눈 열고 귀 열고 산 지도 오래되었다. 살아가는 일이 한가로워 마음 혹할 일 하나 있었으면 싶지만 무뎌진 몸은 아무리 건드려도 반응하지 않는다.

제 몸에 난 상처는 더 이상 밀어내지 않고 안으로 품어 들인다. 마른 가지 부러져나간 곳도 풍상이 와서 곱게 다듬어줄 때까지 견딜 줄 안다. 하늘을 찌를 듯하던 기세는 앙상하게 뼈로 남고 연륜만 굵다. 땅속 깊이로도 벋지 않고 하늘 높이로도 자라지 않고, 불필요해진 제 몸의 군더더기들은 모두 쳐내며 간소한 차림으로 떠날 채비를 한다. 그 몸도 어느 순간 비워줘야 하는 때가 오고 있다.

그 오랜 세월 동안 묻어두고 산 뿌리가 너무 깊어 쓰러지지는 않는다. 하지만 습관처럼 맨흙을 부여잡고 있을 뿐, 더 이상 물을 길어 올리지 않는다. 생명의 기운을 전달하던 최후의 수분마저 허공에 날려버리고 그대로 고사목이 되면 그토록 소원하던 풍장風葬이다.

그래, 이제는 뿌리나 몸으로 서는 것이 아니다. 그동안도 뿌리나 몸으로 서 있던 것이 아니었다. 자신을 지켜온 건 뿌리나 몸뚱어리

가 아니라 거친 바람이었다고 생각하면서 영혼의 무게를 반쯤 덜
어낸 몸으로 고목古木은 서 있다. 좀 더 가까워진 하늘을 올려다보
면서 점점 뿌리와 몸에서 자유로워짐을 느낀다.

등불을 밝히는 나무

쉬나무

세계 요트대회가 열린 경기도 화성시 전곡항에는 시화호의 끄트머리인 탄도 관문이 있다. 그곳을 지나 대부도 방면으로 향하면 제부도와 누에섬이 한눈에 내려다보이는 탄도라는 작은 섬마을로 이어진다. 거기서부터는 안산시가 된다는 팻말이 서 있기도 한 곳이다. 7월 중순경에 이곳에서 잠시 쉬었다 가려면 자잘한 흰색 꽃을 모아서 피우고 있는 제법 큰 키의 나무가 눈에 들어온다. 줄기가 제법 굵어서 아름드리인 나무도 보인다. 구수한 꿀 향기가 좋은지 벌과 나비가 수시로 모여드는 그 나무는 쉬나무라고 하는 나무다. 영명이 'Bee tree'일 정도로 해외에서는 밀원식물로 가치가 높다. 나무치고 비교적 느지막이 꽃피는 점이 특징이다. 중국에서 들여와 약재로 재배하던 오수유吳茱萸나무와 비슷한 나무라 '오'자를 빼고 수유나무라고 하던 것이 변해 쉬나무가 되었다.

　예로부터 선비가 이사를 가면 회화나무와 쉬나무의 종자를 꼭 챙겨갔다고 한다. 학자수인 회화나무를 보면서 쉬나무의 열매로 짠 기름으로 등불을 밝혀 글을 읽어야 했기 때문이다. 꽃이 지고

나면 당연히 열매가 맺히는데, 익게 되면 광택이 나는 까만 씨가 드러난다. 그것을 짜서 동백기름처럼 머릿기름으로 쓰기도 하고 피부병을 고치는 약으로 쓰기도 했으며 등불을 밝힐 때 썼다. 그래서 쉬나무를 가리켜 소등燒燈나무라고도 했다. 기름이 풍족하지 못해 기껏해야 아주까리나 때죽나무에서 나오는 기름을 짜서 썼던 옛날에는 중요한 기름나무로 대접받았다. 게다가 잎에서는 특유의 방향성 향기가 있어서 해충 구제에 쓰기도 했다. 물론 자기 자신도 별다른 해충의 피해 없이 잘 자란다. 그래서 예로부터 마을 어귀에 심어 기르기를 장려했다.

그렇게 소중한 대접을 받았던 나무지만 전기로 불을 켜는 요즘 시대에서는 사정이 달라졌다. 어쩌다 조경수로 이용되는 것 외에는 별다른 의미와 가치를 갖지 못 하게 되었다. 기름과 빛의 소중함을 알고 글을 읽던 때에 비해서 모든 물자가 흔해져버린 지금은 불빛을 다른 용도에 이용하는 경우가 많아졌다. 그 옛날 쉬나무의 소중한 기름으로 밝힌 불은 어떤 색이었을까?

단단한 밑동 위로 번다

용문사 은행나무

사람보다 오래 사는 나무의 시간을 사람이 헤아린다는 것은 우스운 일인지도 모른다. 세계적으로는 6000살이 넘은 나무도 있다고 하니 100년도 못 사는 사람이 그 나무의 머리 위로 흘러간 광음의 시간을 어찌 가늠이나 할 수 있을까?

우리 땅에서 자라는 장수목은 은행나무가 대표적이다. 그 중에서도 신라 말에 마의태자가 심었다고 알려진 경기도 양평의 용문사 은행나무는 수령이 1100년으로, 우리나라 은행나무 중에서는 최고령으로 추정한다. 은행나무에게 있어 1100살은 사람으로 치면 몇 살 정도나 될까? 모르긴 해도 환갑이 훨씬 넘었을 나이가 아닐까 싶은데, 놀랍게도 용문사 은행나무는 아직까지도 왕성한 출산력을 자랑하며 해마다 열 가마가 넘는 은행알을 떨어뜨린다. 신령스런 노거수이면서도 어디서 그런 힘을 내는 건지 그치지 않는 생식 능력에 경의를 표하고 싶다. 살구색 은행알을 땅바닥에 잔뜩 떨어뜨리며 샛노랗게 물들어가는 모습을 보기 위해 가을이면 용문사로 향하는 이들의 발길이 줄을 잇는다.

천연기념물 제30호인 용문사 은행나무는 장수목이라는 타이틀 못지않게 빼어난 수형미로 유명세를 탄다. 은행나무의 암나무는 수형이 옆으로 퍼지고 수나무는 곧게 위로 자란다는 속설대로라면 용문사 은행나무는 수나무여야 한다. 그러나 열매를 맺는 암나무다. 속설은 속설일 뿐이라는 듯 우뚝 솟은 모습에서 여장부의 기개가 느껴진다. 그 형상을 찬찬히 들여다보면 승천하는 용의 머리가 연상된다. 다른 쪽에서 보면 신라시대 금관 같기도 하다. 그렇게

용문사 은행나무는 보는 각도에 따라 모습이 다 다르다. 높이는 무려 67미터에 이른다. 이 큰 나무를 천재지변에서 보호하기 위해 보다 높은 철탑을 세워 피뢰침 역할을 맡겼다.

올려다보는 높이만큼의 존경과 경외심은 굵은 밑동에서부터 시작된다. 여러 명의 장정이 둘러싸야 할 것만 같은 두툼한 밑동을 본 사람이라면 1100년이라는 수령이 거짓이 아님을 알게 된다. 그 정도 밑동은 가져야만 유지 가능한 높이로 서서 절묘하게 중심을 잡고 살아간다. 내실을 기하면서 불려간 몸집은 탄탄하지 않을 수 없다. 그렇게 믿음직한 굵은 밑동이 가졌기에 높이 자랄 수 있고 오래 살 수 있다. 줄기가 아닌 든든한 밑동으로 용문사 은행나무는 1100년 넘게 서 있다.

최선을 다하는 삶

참나무겨우살이

참나무겨우살이는 제주도의 서귀포시에서만 자란다. 서귀포시에서도 좀 더 따뜻한 남쪽 바닷가 가까운 곳에서나 볼 수 있다. 그렇다고 해서 보기 드문 나무는 아니다. 참나무겨우살이를 알아보는 눈만 갖는다면 너무나도 쉽게 찾아진다. 이름처럼 참나무에 기생하는 건 아니고, 동백나무나 참식나무 같은 나무에 붙어 자라는 상록수다. 염치 불구하고 삼나무 같은 침엽수에도 곧잘 얹혀산다. 그런가 하면 같은 참나무겨우살이의 잎에 떨어져 살기도 한다. 전셋집에 사글세로 들어가 산다고나 할까? 보통 넉살이 아니면 어려운 살림살이를 잘도 꾸린다.

참나무겨우살이는 도저히 기생나무라고 생각되지 않을 정도로 큰 덩치를 가졌다. 바로 옆에 있어도 모르는 이들은 보리밥나무나 동백나무쯤으로 여긴다. 잎이 반질거리는 점도 동백나무와 비슷하지만 새로 돋은 잎에 갈색 가루가 잔뜩 덮여 있기 때문에 그 점만 알아두면 헷갈리지 않고 잘 구별된다. 줄기도 무척 굵어서 웬만한 기주목이 아니면 버티지 못 하지 않을까 싶다. 간혹 기주목

보다 더 크게 자라나기도 해서 그런 경우에는 어떤 것이 과연 누가 주인인지 가까이 가서 보지 않으면 모른다.

참나무겨우살이의 진면목은 가을이 깊어가는 11월이 되어서야 드러난다. 누가 버린 담배꽁초를 모아놓은 건지, 아니면 멸치를 꿰어 엮어놓은 건지, 귀이개가 잔뜩 달린 것 같기도 하고, 암만 그래도 꽃은 아니지 싶은 것이 줄줄이 매달린다. 가만히 들여다보면 꽃잎 같은 것도 보이고 수술 같은 것도 보이고 암술 같은 것도 보이는 것이 분명 꽃이 맞다. 꽃잎이 적갈색인 것도 있고 초록색인 것도 있는데, 그 색감 또한 흔히 볼 수 있는 것이 아니다 보니 낯설고 신기하기만 하다. 겨우살이 종류들은 대개 보일까 말까 한 작은 꽃을 피우는 데 비해 참나무겨우살이는 훨씬 크고 이색적인 꽃을 피운다. 기생식물인 점을 생각하면 굉장히 사치를 부린 듯하다. 주인보다 더 펑펑 쓰고 사는 세입자처럼 보인다. 그러나 식물 세계에서 사치란 있을 수 없다. 일 년에 한 번 피우는 꽃이 사치라고 말한다면 세상 모든 꽃이 다 사치다. 얹혀사는 몸이긴 해도 제가 가진 푸른 잎의 힘으로 피워낸 꽃이 아닌가? 할 수 있는 한 최선을 다한 꽃이기에 참나무겨우살이는 당당하다. 누가 뭐래도 세상의 주인은 나라는 듯 기죽지 않고 살아간다.

현명한 대리만족

동백나무겨우살이

겨우살이 종류 중에서 약효가 가장 좋기로 동백나무겨우살이를 꼽는다. 상록수의 푸른 기운을 머금고 자라서 그런지 작은 체구에 모아놓는 약효도 남다른 모양이다. 그 바람에 채취가 심해져서 지금은 더욱 보기 어렵게 되었지만 동백나무가 자라는 남부 섬 지방에서 간혹 눈에 띈다. 꼭 동백나무에서만 얹혀사는 것은 아니고 동백나무 같은 상록성의 넓은 잎을 가진 나무에 주로 붙어산다. 좋게 말해 붙임성이 좋다고나 할까? 어느 나무에서든 한 자리씩 얻고 살아가는 재주가 있다고 보면 맞다. 다만 동백나무에 달려 있으면 어느 것이 동백나무의 잔가지고 어느 것이 동백나무겨우살이인지 알아보기가 쉽지 않다. 또 다른 형식의 위장전입이라고나 할까? 작기도 하거니와 마른 가지 같은 모습이어서 손닿는 곳에 솟아 있어도 몰라보기 십상이다. 그런 것이 나무라는 생각이 전혀 들지 않는다. 큰 나무가 아닌 작은 나무에 세 들어 살다 보니 나뭇가지 같은 모습으로 위장해 눈에 띄지 않기로 한 모양이다.

　겨우살이 종류가 붙어사는 나무를 기주목이라고 하는데, 동백

나무겨우살이는 기주목이 되는 나무를 끝내 죽이는 것으로 알려져 있다. 하지만 동백나무겨우살이는 워낙 작아서 기주목에 해가 될 만큼의 양분을 빼앗아가지는 않는다. 기주목이 죽으면 자신도 죽는 것인데 그런 미련한 짓을 무엇 하러 실천에 옮기겠는가. 다만 잎이 퇴화되어 광합성이 여의치 않다 보니 거의 전적으로 기주목한테서 양분을 취하고, 또 한 나무에 여러 개의 동백나무겨우살이가 무리지어 기생하는 경우에는 기주목이 힘들어질 수 있다. 그리고 동백나무겨우살이가 기주목으로 삼는 나무가 대개 덩치 작은 나무다 보니 주객이 전도되는 일이 벌어지기도 하는 모양이다.

동백나무겨우살이를 알아본대도 동백나무겨우살이의 꽃을 보기란 쉽지 않다. 어느 것이 꽃이고 어느 것이 열매인지 구별하기 어려울 정도로 작기 때문이다. 동백나무겨우살이라고 해서 왜 꽃 욕심이 없겠는가. 하지만 작은 나무에 겨우 빌붙어 사는 처지에 주제넘은 꽃은 어울리지 않는다. 겨울에는 동백나무의 푸른 기운을 이어받아 싱그럽게 보내고, 봄에는 제가 못 피우는 화려한 꽃 사이에서 대리만족하며 사는 모습이 현명한 건지도 모른다. 그렇게 세밀한 꽃이 피고 난 이듬해에 다시 꽃이 필 무렵에 땀방울 같은 열매가 송골송골 맺힌다. 동백나무와 꽃은 달라도 열매에 담긴 노고는 매한가지다.

석촌호수의 역사를 머금다

양버즘나무

석촌호수의 연혁을 거슬러 올라가다 보면 송파나루터와 만난다. 옛 뱃길의 요지인 송파나루터는 1971년에 남쪽 물길을 막아 육지화하면서 잠실동과 신천동 땅을 얻었고, 저절로 남게 된 남쪽 물길이 지금의 석촌호수가 되었다. 볼품없던 석촌호수는 10년 후인 1981년에 호수 주변에 녹지를 조성하고 산책로와 쉼터를 설치하여 시민들의 휴식공간으로 탈바꿈했다. 그러나 수질 악화와 심한 악취로 인해 외면 받았고, 그로부터 20년 후인 2001년에 대대적인 정비 사업을 벌여 친환경적으로 생태를 복원했다.

송파대교가 석촌호수의 남북으로 놓이면서부터는 동호와 서호로 구분하기 시작했다. 그 중 서호는 롯데월드의 매직아일랜드와 서울놀이마당이 주변부에 자리하고 있어 볼거리와 즐길거리가 넘쳐난다. 이용객들이 질러대는 즐거운 비명소리가 끊임없이 호수를 건너오는 곳이 있다면 그곳이 바로 석촌호수의 서호다. 송파나루터가 석촌호수로 변모하기까지의 과정을 지켜보고 그 길가를 묵묵히 지켜온 나무들이 있으니 양버즘나무 가로수가 그들이다.

　　석촌호수가 두 번째 변화를 맞던 시기는 아이들의 얼굴에 항상 버짐이 피어 있었다. 지금이야 보기가 흔치 않지만 그때에는 버짐 없는 아이가 없었다. 그렇지 않은 아이는 부잣집 아이뿐이었다. 없이 살던 그 시절에 들여와 심은 나무 중에 유독 껍질이 거칠거칠하고 얼룩덜룩하게 벗겨지는 나무를 보고 버짐을 연상한 건 당연한 일인지도 모른다. 버즘나무나 양버즘나무는 그렇게 생겨난 이름이다. 별다른 관리를 해주지 않아도 금세 큰 나무로 잘 자라므로 학교 교정에도 많이 심었다. 그래서 겨울이면 방울 모양으로 달리는 열매를 아이들이 따다가 꿀밤 때리는 놀이를 곧잘 했다.

　　석촌호수에 가로수로 심어진 나무는 정확하게는 '아메리카 플라타너스'라고 불리는 양버즘나무다. 그 나무가 심어진 지 30년이 지난 지금의 풍경은 초창기와는 많이 달라졌다. 일단 도로의 작은 표지판 정도는 우스울 정도로 크게 자라났다. 평균 신장이 10미터는 족히 넘는다. 시합을 앞두고 양쪽으로 늘어선 농구선수단 같다. 하지만 이정표와 신호등을 가리고 가로등조차 덮을 만큼 자랐기에 운전자들의 원성을 자주 살 것이다. 그리고 처음에는 넉넉했을 나무들끼리의 간격이 지금은 너무 비좁아 서로의 팔과 어깨가 닿는 지경이다. 그러므로 해마다 가지치기를 해주지 않으면 안 된다. 뚝뚝 잘려나가 땅바닥에 떨어진 제 팔뚝을 보면서 양버즘나무는 무슨 생각을 할까? 먼 후일을 내다보지 못한 행정 탓이라며 양버즘

나무 자신도 민원을 제기하고 싶을 것이다. 지금은 그저 도깨비방 망이 모양의 획일적인 모습으로 다듬어진 채 서로 부대끼며 살아 간다. 개중에는 아예 잘려나가 버리고 바닥에 밑동만 남은 나무도 보인다. 시원스레 탁 트인 시야를 원하는 커피숍 앞에서 눈엣가시 처럼 전경을 막고 선 것이 참형의 죄목이었을 것이다.

30년 전과 비교하자면 주변 환경은 달라진 것이 너무나도 많다.

차량의 증가로 매연과 소음은 몇 배나 많아졌다. 대낮처럼 환해진 주변 건물의 불빛도 밤새 감수해야 한다. 한결 더워진 대기는 숨통을 조인다. 급작스런 일기 변화와 이상기후에 시달리는 일도 다반사다. 모든 조건이 악조건으로 치닫지만 그것을 참고 견뎌내지 못하는 날에는 뿌리를 드러낸 채 쓰러지고 만다. 적응과 부적응의 기로는 곧 삶과 죽음으로 갈린다. 살기 어려워진 것은 분명하나 그래도 아직은 살 만하다는 듯 양버즘나무는 제 자리를 굳건히 지키고

있다. 애초부터 그 모든 것을 견딜 줄 알기에 심어진 나무다.

아파트가 들어서고 거주 시민의 수가 늘어나면서부터 석촌호수의 양버즘나무는 가로수뿐 아니라 공원수로서의 임무도 주어졌다. 공원으로 가는 길 주변의 화단, 그리고 길 하나를 사이에 두고 이웃해 심어진 메타세쿼이아와 함께 공원의 미관을 책임지는 코디네이터다. 새빨간 단풍은 아니어도 양버즘나무는 잎이 넓은 활엽수의 장점을 살려 충분히 매력적인 색감의 갈색 단풍을 손에 쥔다. 아름다운 단풍이 아니면 도심에서 쫓겨나야 하는 것이 이 시대 가로수의 운명인지라 양버즘나무는 매년 더욱 예쁜 색으로 물들어야 한다. 새로 들여오는 나무에 밀리지 않으려면 그 나름의 경쟁력을 갖춰야 한다. 심어졌기에 살아간다기보다 살아남기 위해 살아간다. 그런 면에서 양버즘나무는 시민권만 없을 뿐이지 서울이라는 도시에서 치열하게 살아가는 사회구성원 중 하나다.

끊임없이 변모하는 서울의 이야기를 나이테 삼아 허리에 두르고, 자신의 속내 담긴 이야기는 비워가며 사람의 손길에 의해 처음 심어졌던 그 길가에 산다. 조금 손해 보더라도 상대와 경계를 공유하고, 제 색깔을 내며 살 수 있음에 감사하는 것! 그것이 공존이 아니겠냐는 듯 석촌호수의 양버즘나무는 어른스레 서 있다. 어느덧 이 도시의 연륜 있는 나무가 되었다.

낙엽의 의미

나무에게 있어 낙엽은 어떤 의미일까? 겨울로 가기 위한 마른 채비이기도 하지만 장기적으로 봤을 때에는 질소와 인산과 칼륨이라는 3대 양분의 회수이기도 하다. 겨울에 짐이 될 수밖에 없는 잎을 떨어뜨리면서 그 잎에 남아 있는 양분은 차후에 다시 뿌리에서 흡수한다. 낙엽은 나무가 날리는 일종의 회수권이다. 이러한 물질 순환의 고리에서 어느 한 군데라도 끊어지면 그 고리 위에 놓인 생명들은 순차적으로 생명과 존립의 위협을 받게 된다.

가장 선량한 피해자는 가로수를 비롯한 도심의 나무들이다. 떨어지는 낙엽을 처치 곤란한 쓰레기로 보고 미관상 좋지 않다며 모두 쓸어가 버리고 만다. 마땅히 나무에게 되돌려져야 할 낙엽을 가져가니 나무는 황당하다. 그 대신 매년 비료를 주는 것으로 나무의 기분을 달랜다.

이름표를 달고 살아가는 수목원의 나무라고 해서 사정이 좋은 것은 아니다. 낙엽이 쌓이는 것까지는 좋으나 낙엽을 분해해주어야 할 미생물들이 산성비에 의해 점차 사라지면서 낙엽은 두껍게 쌓이기만 하고 양분이 되어주지 않는다. 썩지 않는 낙엽은 오히려 뿌리의 숨통만 조인다. 그래서일까? 관리가 부실한 도심의 나무들은 결실 상태가 좋지 못하다. 평생 한 자리에 서서 자의에 의해 움직일 수 없는 나무가 할 수 있는 일이란 최선을 다해 사는 것뿐!

나무에게 낙엽은 허공이 아닌 땅속으로 돌려보내는 것. 몇 년 걸러 재활용하는 자신의 몸. 분해되지 않은 미래의 자산이다.

단풍나무 낙엽

한 알의 열매를 위하여

계절에 맞춰 초록 잎을 내고 향기로운 꽃을 피우는 일은 모두 한 알의 열매를 남기기 위해서다. 어쩌면 살아가는 일의 모든 지향점이 열매를 향해 있는 건지도 모른다. 자신을 닮은 씨를 품은 열매를 허공에 달아놓고 하루하루 익혀가는 마음이 흡사 농부의 그것과도 닮아 있다.

한 알의 열매를 남기기 위하여 지나온 수많은 과정도 하나의 길이다. 나무가 걸어온 기나긴 여정 끝에 내려놓는 열매의 무게는 크기에 관계없이 항상 묵직하다. 열매란 여러 날의 하늘이 지나가는 동안 받아들였을 햇빛과 물과 양분을 맛난 무게로 바꾸어 고스란히 그 안에 압축해놓은 파일이다. 수백 개의 열매든 단 한 개의 열매든 담긴 노고는 똑같다. 결코 1/N로 나눌 수 있는 것이 아니기에 한 알 한 알이 모두 소중하다.

나무에 달린 마지막 한 알의 열매를 보면 나무가 끝까지 정성을 기울이는 모습이 보인다. 보다 달콤한 열매를 위하여, 보다 향기로운 열매를 위하여 나무는 커다란 몸집을 쉬지 않고 뒤뚱거린다.

왕벚나무 열매

겨울

겨울은 시련과 인내의 시간이다. 모진 추위와 눈보라를 맨몸 하나로 참고 견디지 않으면 안 되는 때다. 아무도 생사를 장담할 수 없는 고통스런 시간에서 살아남지 못 하는 날에는 죽음의 그림자가 드리워진다. 나름의 겨울나기 전략을 갖추지 못 한다면 생존은 허락되지 않는다.

또한 겨울은 휴식과 준비의 시간이다. 봄부터 가을까지 혹사한 몸이 드디어 쉴 시간을 갖는다. 꽃피고 열매 맺느라 고단했던 나날에서 해방이다. 그러나 그것도 잠시. 다가올 봄을 위해 다시 준비하지 않으면 안 된다. 끊임없이 분주히 몸을 놀려야 한다. 겨울의 반은 순전히 봄을 위해 바쳐진다.

휴식과 시련과 인내와 준비로 점철된 시간 속에서 나무는 제 몸에 짙은 색 나이테를 하나 더 긋고 안으로 성숙한다.

굳고 정한 나무

갈매나무

피할 수 있는 건 운명이 아니라고 했다. 아무리 피하려고 해도 반드시 만나게 되는 필연처럼 도저히 어쩌지 못 하는 길을 걸어갈 때라야 운명이라고 말할 수 있다. 그 어떤 선택을 하든 미리 정해져 있는 대로의 길을 가게 되는 것, 그것이 진짜 운명이다. 삶과 죽음의 갈림길에 선대도 어느 길을 선택하든 그건 정해진 운명대로의 길이기에 우리는 그저 예정된 결과를 연출해내는 존재에 불과한지도 모른다.

윤동주 시인과 같은 시대를 살다 간 백석白石 시인의 작품 중에 〈남신의주 유동 박시봉방南新義州 柳洞 朴時逢方〉이라는 긴 제목의 시가 있다. 남신의주 버드나무골 박시봉이라는 사람의 집에서 쓴 글이라는 뜻이다. 이 시는 시가 지니는 기본적인 특성인 압축미를 의도적으로 파괴하면서 자기 고백적인 편지투의 문체를 사용한 점이 특이하다. 백석 시인 특유의 평안북도의 향토적인 시어가 많이 쓰였고, 잦은 쉼표를 사용했기에 무척이나 긴 호흡으로 읽히는 시다. 이 시에서 타향에 홀로 떨어져 사는 무능력한 유랑민인 화자는 자

신의 생활을 스스로 이어가는 것이 너무나도 힘든 일이라고 생각
되자 자신의 슬픔과 어리석음에 눌리어 죽을 수밖에 없는 것을 느
낀다면서 부정적인 생각이 끝으로 치닫는다. 이 시가 이런 식으로
끝맺음했다면 개인적인 감상의 한계를 드러낸 시에 불과했을 것이
다. 하지만 자신의 생은 자신이 이끌어가는 것이 아니라 자신보다
더 크고 높은 것이 있어서 그것이 자신을 마음대로 굴려가는 것이
라고 생각한다. 즉, 자신의 생을 이끌어가는 주체는 자기 자신이
아니라 운명이라고 받아들인다. 그러면서 갈매나무를 등장시킨다.
눈이 오면 그대로 서서 마른 잎새에 쌀랑쌀랑 소리도 나면서 눈을
맞을 그 드물다는 굳고 정한 갈매나무라는 나무를 생각한다고 말
한다. 모든 것을 다 잃어버리고 쓸쓸히 남의 집 헛간 방에 누워 있
는 자신의 상황을 모두 운명으로 받아들이고, 굳고 정한 갈매나무
라는 나무를 떠올리며 단단한 삶의 자세를 견지하고자 하는 모습
은 시라기보다 한 편의 영화 같다. 이 시에서 '눈을 맞는'보다 더
중요한 것은 '굳고 정한'이라는 말이다. 시련 속에 서 있는 나무의
외적인 풍경을 그리기보다 그걸 견뎌낸 채 서 있으려고 하는 내면
풍경을 전달하고자 했기 때문이다. 어떠한 고통스런 자리에 서 있
더라도 굳고 정한 존재로 살아가겠다는 다짐이야말로 이 시가 주
는 가장 커다란 울림이다.

　이 시에 감동받은 문인들은 갈매나무의 실물을 보고 싶은 충동

에 사로잡히게 된다. 그러나 갈매나무를 찾아가서 직접 보게 되면 대개 실망한다고 한다. 작품 속에 형상화된 나무와 달리 실제의 갈매나무는 그냥 그저 그런 나무이기 때문이다. '굳고 정한'이라는 수식어로 인해 갈매나무는 고귀한 순수함과 내적인 강인성을 함께 지닌 존재로 인식되지만 실물로 만나게 되는 갈매나무는 그리 특별한 구석이 없다. 아마도 백석 시인은 갈매나무를 실제로 보지 못한 채 남에게 들은 이야기만으로 이 시를 썼을 가능성이 높다. 그랬기에 '갈매나무라는 나무'라고 표현하지 않았나 싶다. 결국 작품 속에 등장하는 갈매나무는 현실세계에 존재하는 갈매나무라기보다는 상상 속의 나무이거나 이 시의 화자 또는 백석 시인의 정신세계에 존재하는 정서적 상징물이라고 해야 옳을 것이다. 혹자는 갈맷빛의 짙푸른 색깔이 암시하는 바의 싱싱한 생명력을 간직한 수직적인 역동성을 지닌 나무라고 평하지만 그 역시도 갈매나무의 실제 모습에서는 거의 느끼기 어렵다. 그러니 실물을 만나기 위해 높은 산을 오를 필요는 없다. 정해진 운명대로 사는 것이 버거운 이들은 상상 속의 갈매나무를 그리며 현실 극복의 의지로 삼는 것도 나쁘지 않을 것이다. 굳고 정한 삶을 지향하고자 하는 사람이라면 그가 바로 갈매나무다.

왕의 비호를 받다

안면송

아무리 나무에 문외한이라고 해도 소나무를 모르지는 않을 것이
다. 소나무는 예로부터 우리네 정서의 심층까지 밀접하게 닿아 있
는 나무다. 어떻게 생긴 것이건 모두 소나무로 총칭하여 부르기도
하지만 나무의 형태에 따라 달리 부르는 게 일반적이다. 수형이 위
를 향하지 않고 아래로 처진 것은 처진소나무, 납작한 쟁반 모양인
것은 반송, 가지가 옆으로만 벋는 것은 뚝향나무라고 한다. 수형이
휘어짐 하나 없이 하늘로 곧게 쭉 뻗고 껍질이 유난히 붉은 것은
금강소나무라 하고, 주로 해안가에서 자라며 나무껍질이 검고 잎
이 딱딱한 것은 곰솔이다. 도입종으로는, 잎이 대개 3개씩 뭉쳐서
나고 줄기에 덕지덕지 붙어서 나는 리기다소나무 등이 있다.

그런데 그렇게 변종이나 품종이 아닌데도 이름을 달리 부르는
소나무가 있으니 안면도의 안면송이 그렇다. 안면송은 안면도에서
자라는 소나무를 일컫는다. 태안에서 77번 국도를 따라 안면도 승
언리를 지나다 보면 길 양쪽으로 도열하는 소나무들을 만나게 된
다. 아름드리 소나무들이 늘어선 터널 같은 길을 지날 때면 기골이

장대한 장수들의 호위를 받는 듯하다. 처음 보는 이들은 눈이 다 휘둥그레진다. 그 소나무가 바로 안면송이다. 줄기가 구불구불한 소나무에서 느껴지는 기품은 없지만 당장이라도 하늘을 찌를 듯한 기백이 느껴진다. 우리가 흔히 '재목감이다'라고 할 때의 그 재목 같은 느낌을 준다. 이는 조선시대 때 실시한 송목금벌松木禁伐이라는 소나무 보호 정책이 남긴 결과다. 고려시대 때부터 관리했다는 기록이 맞는다면 무려 1000년의 세월 동안 그 자리를 지켜온 셈이다.

함부로 베어가는 것을 금할 정도로 안면송을 보호한 이유는 임금님이 궁궐을 지을 때 쓰려고 했기 때문이다. 한마디로 궁궐 건축용 자재인 셈이다. 실제로 조선 11대 임금인 중종 초기에 조정에서 직접 관장했다는 기록이 있다. 궁궐뿐 아니라 왕족의 관으로 쓰거나 배를 만들기 위한 조선재로 쓰기 위해 산림보호원을 두고 숲을 관리했다고 한다. 장차 큰일을 할 사람을 가려 뽑듯이 미리 쓰임새를 부여하고 키워낸 나무답게 혈통 좋은 울창한 숲을 이루었다. 그것이 현대에 이르러서도 인정받아 1988년에 유전자 보존림으로 지정하여 보호하고 있다. 자기들만 좋은 집에서 살고 좋은 관에 묻히려는 왕족이 실시한 소나무 보호 정책이었지만 그것이 남긴 소중한 유산을 후대가 누린다.

겨울에 떨어지는 동심 한 알

감나무

오래된 식물도감에는 감나무가 남부지방에서 심는 나무로 되어 있다. 그만큼 따뜻한 곳을 좋아하는 나무라는 뜻이다. 지금은 중부지방 어디에서든 잘 자라게 되었지만 아무래도 따뜻한 남부지방에서 감나무를 많이 볼 수 있다. 전북 선운산이나 내장산에는 겨울까지도 붉은 감을 매달고 서서 하얀 눈을 맞는 모습이 쉽게 눈에 띈다. 손이 닿지 않는 높은 곳의 감은 억지로 따내지 않는다. 그건 까치밥이라 하여 겨우내 먹이가 부족한 새들에게 양보한다. 우리네 민족만이 지닌 따뜻한 모습이다.

뭐니 뭐니 해도 감나무는 외갓집 앞마당의 감나무라야 제격이다. 넉넉한 인심이야 친가 쪽도 뒤지지는 않지만 푸근함까지 따지자면 시골내음 가득한 외갓집의 감나무가 마음에 더 정겹다. 맛도 외삼촌이 따 내려주시는 감이 최고 맛있다. 전짓대나 잠자리채 같은 망이 달린 장대를 뻗어 올려 까치발로 서서 똑똑 따주시는 모습에서 동심의 군침이 돈다. 흉내라도 내보려고 꼭지 쪽을 잘못 건드리면 감이 또르르 굴러 떨어져 얼굴에 퍽 하고 터진다. 그러면 얼

굴이고 옷이고 감색 물이 들어 잘 빠지지도 않는다.

어머니는 감으로 마술을 부리기도 한다. 약간 덜 익은 감을 얻어 와 지푸라기를 깔고 베란다에 놓아두면 떫은맛이 쏙 빠지면서 물 렁하고 달착지근한 연시가 만들어진다. 그 정감어린 기억의 나무! 색깔만큼이나 따뜻한 나무가 감나무다.

감을 따려고 주인 몰래 감나무에 올라갔다가 낭패를 보는 사람 도 있다. 가지가 부러져 땅에 쿵 하고 떨어지기 십상이다. 감나무 는 새가 집을 짓지 않을 정도로 가지가 연약한 편이다. 그래서 감 의 7가지 좋은 점 중 하나로 꼽기도 한다. 감나무는 새가 집을 짓 지 않고, 벌레가 꼬이지 않고, 그늘이 좋고, 오래 살고, 단풍이 아 름답고, 열매가 맛이 좋고, 잎이 커서 좋다고 한다. 감을 딸 때 가 지째 꺾는 사람을 보고 나쁜 심보라며 손가락질하는 건 모르고서 하는 소리다. 감나무는 가지째 꺾어줘야 다음해에 더 많은 가지가 나오고 열매도 많이 달린다.

"애, 저 감 따가라!"

목청 좋으신 외삼촌의 쩌렁쩌렁한 목소리에 귓가에 선하다. 그 밑 에 가서 입을 아 벌리고 누워 떨어지는 동심 한 알 받아먹고 싶다.

푸른 하늘의 세입자

겨우살이

사람이든 나무든 겨울은 곧 생존의 갈림길이다. 겨울을 견뎌내느냐 못 견뎌내느냐 하는 것은 곧 생존과 직결된다. 사람들은 두꺼운 외투를 준비하고 김장을 하고 난방시설을 점검하는 등의 월동 대책을 세운다. 낙엽수들은 잎을 떨어뜨리고 간소한 차림으로 겨울을 나고 상록수들은 아예 푸른 잎을 달고 그대로 겨울을 난다. 그중 겨우살이는 이름부터가 겨울을 살아낸다는 뜻이다. 동풍한설을 맨몸으로 견뎌내기에 품은 약효도 특별하다. 해외에서는 만병통치약처럼 쓰인다고 한다. 그런 겨우살이를 실제로 본 사람은 의외로 많지 않다. 사실은 보았을 수도 있다. 다만 그것을 겨우살이라고 알아보지 못 한 채 새둥지로 착각했을 것이다. 지금이라도 밖으로 나가 새둥지로 보이는 것을 확인해 보면 운 좋게 찾아낼 수 있다. 나뭇가지에 얹힌 것이면 새둥지고, 나뭇가지에 매달린 것이면 겨우살이다.

겨우살이는 다른 나무에 뿌리를 박고 자라는 기생식물이다. 그래서 기생목寄生木이라고도 한다. 주로 참나무 종류에 얹혀살지만, 팽나

247

무, 오리나무, 모과나무, 느티나무 등 여러 활엽수한테 얹혀사는 것이 발견된다. 기생식물이 밥줄을 대고 사는 나무를 기주^{寄主} 또는 기주목^{寄住木}이라고 하는데, 겨우살이는 기주목한테서 양분을 얻어 쓰긴 해도 전적으로 의존하지는 않는다. 푸른 잎에서도 알 수 있듯이 겨우살이는 자기 몸속의 엽록소를 이용해 스스로 광합성을 하여 양분을 만들기도 한다. 그래도 양심 있는 세입자라고나 할까?

겨울이 되면 겨우살이가 눈에 훤히 잘 들어온다. 기주목의 잎이다 떨어져서 그렇기도 하지만 구슬 모양의 연한 노란색 열매가 햇빛에 반짝이는 시기이기 때문에 그렇다. 열매는 먹을 것이 부족한 겨우내 새들의 좋은 먹이가 되어준다. 동그란 열매 안에는 끈적거리는 과육에 싸인 수박씨 모양의 씨가 하나 들어 있다. 이 씨가 열매를 먹은 새들의 배설물에 섞여 다른 나무로 옮겨지기도 하고, 부리에 붙은 것을 새들이 나뭇가지에 문질러 닦아내다가 옮겨 붙으면 새싹이 나기도 한다. 씨에 달린 기다란 실 같은 조직이 한번 나뭇가지에 걸리면 여간해서는 떨어지지 않는다. 그것이 겨우살이가 살아가는 방법이다.

살아가는 게 힘겹다면 겨우살이 한번 바라볼 일이다. 얹혀산다고 해서 기죽을 건 없다. 비록 남의 집에 세 들어 살긴 해도 진초록빛 꿈을 잃지 않고 꿋꿋이 살아간다. 높은 나무에 붙어서 사는 것을 보면 나무가 아니라 푸른 하늘에 세 들어 사는 것 같다. 어떻게 살아갈 것인가? 어떠한 마음가짐으로 살아갈 것인가? 그 대답이 푸른 하늘에 걸려 있다.

남도의 제철 과일

겨울딸기

요즘은 한겨울에도 딸기가 식탁에 오른다. 제철보다 값이 조금 더 나가서 그렇지 하우스에서 재배한 딸기를 맛보는 일은 그리 어렵지 않다. 딸기는 밭에서 재배하는 과일로, 풀꽃이고, 주인이 있는 작물이다. 야생에서 자라는 딸기는 모두 나무이고 주인이 따로 없어서 마음껏 따먹어도 된다. 산딸기, 멍석딸기, 줄딸기, 수리딸기, 섬딸기, 거문딸기, 멍덕딸기, 곰딸기, 복분자딸기, 가시딸기 등등 종류만 해도 수십 가지가 넘는다.

그 중에서도 겨울딸기는 참 특이하다. 이름만 들으면 겨울철에 하우스에서 출하한 딸기 같겠지만 천만의 말씀이다. 겨울딸기는 남부 섬 지방의 숲에서 바닥을 기듯이 자라는 키 작은 나무다. 일반적인 딸기나무와 달리 높이가 한두 뼘 정도밖에 되지 않아서 나무 같은 느낌이 들지는 않지만 엄연한 나무이다. 제주도의 남쪽인 서귀포시 쪽 숲에 흔히 무리지어 자라고 최서남단에 자리한 가거도의 숲에서도 땅을 뒤덮으며 자라는 겨울딸기를 만날 수 있다. 따뜻한 땅이 아니고서는 키워낼 수 없는 나무다.

겨울딸기는 장마가 끝나가는 7~8월에 그리 화려하지 않은 꽃을
피운다. 그러고 난 뒤 11월이면 산딸기를 닮은 보석 같은 열매를
내놓는다. 주인이 따로 없으니 마음껏 따먹어도 된다. 맛은 새콤달
콤해서 그런대로 먹을 만하다. 초겨울까지 달려 있고 잎이 푸릇푸
릇한 상록성이다 보니 겨울딸기라는 이름이 붙여졌다. 따뜻한 제
주도의 겨울은 겨울 같지 않겠지만 겨울딸기한테는 겨울이 제철인
것이다. 비닐하우스가 아닌 남도의 아름다운 땅이 키워내는 겨울
딸기는 별미가 아닐 수 없다. 뭐든지 제철 음식이 좋다. 겨울이 있
어 겨울딸기가 있다.

산불이 지켜준 재목

금강소나무

소나무 하면 우리 머릿속에는 줄기가 구불구불한 나무가 그려진다. 그건 우리가 그런 소나무를 기품 있는 나무로 여기고 자주 봐 왔기 때문이다. 그러나 예로부터 나라에서 보호해 온 소나무들은 큰 키로 쭉쭉 뻗어 올라간 수형을 지녔다. 안면도의 안면송이 그렇고 백두대간의 금강소나무가 그렇다. 이 소나무들은 임금의 궁궐을 짓거나 왕족의 관으로 쓰기 위해 특별히 관리했던 재목들이다. 그 중에서 금강소나무는 소나무의 품종으로 분류한다. 안면송이 별다른 학명을 부여받지 못 한 것에 비하면 금강소나무는 그 품질을 공식적으로 인정받은 셈이다.

건축자재로 명성이 높았던 만큼 금강소나무는 별칭도 많다. 춘양목春陽木, 금강송金剛松, 강송剛松 등으로 불리고, 속이 짙은 황갈색이어서 황장목黃腸木이라고도 하는데 정식 명칭은 금강소나무다. 그 중 춘양목은 '억지 춘양'이라는 말과 관련이 있다. 경북 봉화군 춘양에서 자라는 소나무가 워낙 질이 좋다 보니 웬만한 목재상들은 모두 춘양에서 온 소나무라며 억지를 썼다고 한다.

어쨌든 금강소나무는 금강산을 필두로 해서 백두대간의 허리를 따라 강원도 영동지방과 삼척, 울진, 봉화, 영덕, 청송, 영양 등의 영동 지방에서 곧게 자라는 소나무들을 일컫는다. 그래서 이 지역에 가면 하늘을 향해 쭉쭉 올려 자란 금강소나무 숲을 어렵지 않게 볼 수 있다. 금강소나무는 소나무 특유의 향이 오래가고 보온 효과도 높아 집을 짓기에 좋았으므로 아무나 베어낼 수 있었던 때에는 곧잘 수탈의 대상이 되었다. 이에 조선 왕실에서는 벌채를 금하는 '황장금표^{黃腸禁標}'를 세워 보호하였는데, 그 중에서도 우리나라 최대의 군락지인 경북 울진군 서면 소광리의 금강소나무 숲은 1680년 숙종 때 아예 황장봉산^{黃腸封山}으로 지정해 관리했다. 황장봉산이란, 나라에서 필요로 하는 목재의 수급을 위해 보호하는 숲이 있는 산을 가리키며 일반인의 접근을 엄격히 통제하는 곳이다.

소광리 금강소나무 숲을 찾아가려면 봉화에서 36번 국도를 따라가야 한다. 전국이 일일생활권에 든 요즘은 어디를 가나 도로 사정이 좋아져서 격세지감까지 느껴지지만 삼척이나 봉화나 울진 쪽은 천만의 말씀이다. 지도를 놓고 보면 지척이지만 워낙 외지고 험한 곳이라 막상 가보면 자동차로도 한참을 달려야 할 정도로 접근성이 좋지 못하다. 접근성이 좋지 못하다는 것, 그것이 오히려 숲을 보호하는 데에는 좋은 여건이 된다. 봉화에서 소광리 입구 광천교까지 오는 데에도 많은 시간이 소비되고, 광천교 앞에서 좌회전해

서 약 14킬로미터에 이르는 길을 따라 대광천을 여러 번 건너야 금
강소나무 숲으로 인도된다. 곧이어 숲의 입구에 당도하면 우선 숨
쉬기가 편해진다. 방향성 물질인 피톤치드로 인해 온몸이 상쾌해
짐을 느낀다. 이곳에서 가장 먼저 눈길을 끄는 것은 초입에 서 있
는 거대한 금강소나무다. 이 나무는 수령이 520살로, 현재 우리나
라의 금강소나무 중 최고참이라고 한다. 가슴 높이의 둘레가 3.5미
터에 달하는 큰 나무다. 대나무보다 더 곧게 솟은 금강소나무의 위
용은 거기서부터 시작된다. 20미터 내외의 나무들이 서로 어깨를 겯
고 자라는 모습은 그 밑에 선 사람을 단번에 압도한다. 이 숲의 금
강소나무는 수령이 10~500년 정도이고 200년이 넘은 것이 100만 그
루나 있다고 하니 경외심마저 든다. 이 일대 1610헥타르가 천연보호
림으로 관리되고 있다는 사실에는 우리 숲의 자긍심이 느껴진다.

  이 숲이 그토록 잘 유지될 수 있었던 비결은 산불이라고 한다.
믿어지지 않지만 알고 보면 이유는 간단하다. 숲이 변해가는 천이
과정 중에서 양수陽樹이자 침엽수인 소나무는 그늘에서도 잘 견디
는 음수陰樹인 활엽수와의 경쟁에서 필연적으로 지고 만다. 음지에
서도 잘 자라는 활엽수가 넓은 잎을 내어 숲으로 떨어지는 빛의 양
을 감소시키면 빛에 의지해 사는 소나무는 버티지 못 하고 사라지
는 것이다. 그런데 작은 산불이 일정한 주기로 나게 되면 그늘이
되는 활엽수가 제거되므로 소나무는 활엽수의 방해 없이 아주 잘

자란다. 실제로 소광리의 금강소나무의 줄기를 잘라 나이테를 조사해보니, 그을린 흔적이 남아 있었다고 한다. 주로 화전민들이 경작을 하기 위해 놓은 불에서 사고가 많이 발생했는데, 잎이 넓은 참나무는 불에 약해 먼저 타버리고 또 씨앗 발아력이 약해져서 살아남기 어려웠을 것이라고 한다. 그래서 실제로 이 숲에서 눈에 띄는 활엽수라고는 고광나무나 병조희풀 같은 키 작은 관목뿐이다.

울진의 금강소나무 숲은 전국 최대의 송이 산지이고 천연기념물인 산양의 서식지로 밝혀지기도 하는 등 보호해야 할 가치가 무궁무진하다. 그러나 산불로 이 숲을 보호한다는 것은 아이러니가 아닐 수 없다. 인공적인 조림을 하자고 주장하는 이도 있지만 인간의 섣부른 간섭은 오히려 방해가 될 수도 있다. 소나무는 나이가 비슷한 나무들끼리 모여 한데 자라며 200년에 한 번씩 자연스럽게 세대교체가 이루어진다고 한다. 그리고 불이 났던 자리나 고사목이 쓰러져 생겨난 자리에도 어린 소나무들이 건강하게 자란다고 하니 차라리 인간의 간섭을 최소화하는 것이 금강소나무 숲의 가장 좋은 보전 방법일 수 있다. 자연의 진정한 보전은 가장 자연스러운 방법이어야 한다는 사실을 울진 소광리의 금강소나무 숲에서 배운다.

빛나는 전략

멀구슬나무

멀구슬나무는 중국에서 들여온 나무로 알려져 있다. 완도나 제주도를 비롯해 남부지방의 이곳저곳에 저절로 자라기도 하지만 처음부터 우리 땅에서 살아온 나무는 아닌 것으로 본다. 5~6월이면 보라색이 감도는 꽃을 아래로 주렁주렁 늘어뜨린 채 피우고, 가을이면 멀건 구슬 같은 열매를 맺는다 하여 멀구슬나무라 불린다. 구슬처럼 생긴 동글동글한 열매를 꿰어 파란 하늘에 늘어뜨려 놓고 점점 멀건 색으로 바꾸어간다. 붉은색 열매를 맺는 다른 나무들과는 분명 다르다. 그런데 그 맛이란 참……. 분명 새들에게 제공할 열매 같아 보이는데 도저히 목구멍 너머로 삼킬 수 없을 정도의 떫은맛과 쓴맛이 돈다. 언뜻 이해하기 어려운 전략이다.

그 의문은 12월에 가서야 풀린다. 나목이 되어 잎이 다 떨어지고 나면 열매의 표면이 쭈글쭈글해지면서 노르스름해진다. 그걸 직박구리 같은 새들이 날아와 한알 한알 따먹는다. 저 쓴 걸 어찌 먹나 싶지만 혹시나 하고 하나 따서 입에 넣어보면 단맛이 감돈다. 쓴맛은 온데간데없고, 말린 대추 같은 맛이 난다. 자연의 이치란 그래서 참 오묘하다. 남들이 열매 맺는 시기에 열매를 내놓으면 보통 색과 맛이 아니고서는 인기를 끌기 어렵다는 사실을 안 모양이다. 남들보다 조금 늦게 빚어서 먹이가 부족한 시기에 내놓아 시장기에 주린 새들로 하여금 이거라도 어디냐 하고 먹게끔 만드는 것이다. 그러므로 구태여 어렵게 붉은색의 열매를 만드느라 수고할 필요도 없다. 경쟁이 될 것 같으면 조금 참았다가 늦게 내놓아 비수기를 노리면 된다. 멀구슬나무가 보여주는 희멀건 열매의 전략은 그래서 겨울에 더 빛난다. 그 지혜만큼은 결코 멀건 색이 아니다.

혈액 속에 녹아 흐르는 사랑

산수유나무

봄부터 잎도 없는 가지에 노란 꽃을 열심히 피워낸 보상으로 산수
유나무는 빨간 열매를 파란 하늘에 내다 건다. 잎이 다 떨어지고
나서도 산수유는 떨어지지 않은 채 건포도처럼 말라간다. 눈이 내
려 쌓여도 그 무게를 묵묵히 견뎌내며 이듬해 봄이 될 때까지도 달
려 있다. 사람에게는 좋은 약재가 되어주고, 도시에서 살아가는 새
들에게는 훌륭한 겨울 식량이 되어준다.

　김종길 시인의 〈성탄제〉라는 시에 산수유나무가 등장한다. 독감
에 걸려 숯불처럼 잦아드는 어린 목숨의 주인공을 치료하기 위해
주인공의 아버지가 눈 속을 헤치고 따 온 치료약이 바로 산수유다.

　　어두운 방 안엔
　　바알간 숯불이 피고,

　　외로이 늙으신 할머니가
　　애처로이 잦아드는 어린 목숨을 지키고 계시었다.

이윽고 눈 속을
아버지가 약을 가지고 돌아오시었다.

아, 아버지가 눈을 헤치고 따 오신
그 붉은 산수유 열매—.

나는 한 마리 어린 짐승,
젊은 아버지의 서늘한 옷자락에
열로 상기한 볼을 말없이 부비는 것이었다.

이따금 뒷문을 눈이 치고 있었다.
그 날 밤이 어쩌면 성탄제의 밤이었을지도 모른다.

어느 새 나도
그때의 아버지만큼 나이를 먹었다.

옛 것이라곤 찾아볼 길 없는
성탄제聖誕祭 가까운 도시에는
이제 반가운 그 옛날의 것이 내리는데,

서러운 서른 살, 나의 이마에

불현듯 아버지의 서느런 옷자락을 느끼는 것은,

눈 속에 따 오신 산수유 붉은 알알이

아직도 내 혈액 속에 녹아 흐르는 까닭일까.

  그때가 아마 성탄제 즈음이었을 것이라며 그때의 아버지가 된 나이에서 주인공은 회상한다. 그리고 자신의 혈액 속에 녹아 흐르는 산수유를 떠올리며 삭막한 도시에서 불현듯 아버지의 사랑을 그리워한다는 것이 이 시의 내용이다. 성탄제라는 희생의 의미가 곁들여져 있기에 읽을 때마다 가슴이 따뜻해져서 좋은 시다. 원래는 고등학교 교과서에 나오던 시인데, 20여년이 지난 지금은 중3 교과서로 옮겨져 있다. 강산이 두 번 이상 변했어도 계속 남아 배우게끔 하는 시인 것이다. 세월이 가도 시대가 변해도 아버지의 사랑, 부성애父性愛의 의미는 결코 변색되지 않기에 그렇다. 산수유가 아니더라도 우리의 혈액 속 어딘가에 녹아 흐르고 있을 아버지의 사랑을 확인하는 일은 너무나도 소중하다.

  산수유나무는 그렇듯 따뜻한 색감의 열매를 가졌다. 붉은 사랑의 의미를 지녔다.

자신을 위한 삶

오동나무

오동나무 몇 잎이면 하늘도 가린다. 우산 없이 밖에 나갔다가 갑작스레 소나기를 만나면 오동나무 아래로 뛰어 들어가 비를 긋는다. 살짝 터진 하늘 사이로 흘러가는 구름 몇 줄 보내다가 비가 그칠 기미가 없다 싶으면 오동나무 잎 하나 꺾어 우산처럼 받쳐 들고 집으로 뛰어간다. 오동나무에 대한 추억은 대개가 그렇게 커다란 잎과 함께한다.

예로부터 아들을 낳으면 소나무를, 딸을 낳으면 오동나무를 심었다. 심는 즉시 죽죽 자라나는 게 보일 정도로 오동나무는 빨리 자라면서도 속이 뒤틀리지 않고 결이 고와서 가구를 만들기에 좋다. 그래서 여자아이가 자라 시집 갈 나이가 되면 그 오동나무를 베어서 장롱도 만들고 경대도 만들고 함도 만들어서 시집을 보냈다고 한다.

오동나무는 여름이 가장 걱정이다. 잎이 워낙 넓다 보니 세찬 비바람을 몰고 오는 태풍의 피해를 고스란히 입는다. 밤사이 태풍이 휩쓸고 지나간 자리에는 어김없이 오동나무의 꺾인 가지가 눈에 띈다. 그래도 낙심하지는 않는다. 꺾인 가지에서 금방 새 잎과 가

지를 내어 햇볕을 받으며 다시 키를 높인다.

　한여름의 추억이 다 지나가고 가을이 찾아들면 그 넓던 잎이 소리를 내며 바닥에 떨어진다. 바닥에만 떨어지는 게 아니라 보는 이의 가슴으로도 쿵쿵 떨어진다. 하지만 아무 상관없다는 듯 오동나무는 거추장스러운 외투 벗듯이 모든 잎을 떼어버린다.

　단 하나! 다음해 봄에 꽃피울 꽃눈만큼은 잊지 않고 달아둔다. 이미 꽃이 진 여름날부터 겨울눈은 만들어져 있었다. 부질없이 모두 주는 나무지만 오동나무에게도 제 삶이 있다. 누굴 위한 삶이 아니라 자기 자신을 위한 삶! 그것이 바로 여름에 만들어둔 겨울눈이다. 겨울을 넘기는 대로 꽃눈에서는 보라색 꽃이 터져 나올 것이다.

참고 참는 어머니 같은

인동덩굴

참는 자에게 복이 올까? 최소한 인동덩굴한테는 온다. 겨울을 잘 참고 견디고 난 뒤에 아름답고 향기로운 꽃으로 보상받는다. 기다란 나팔 모양의 꽃을 노인의 수염으로 본 이는 노옹수老翁鬚라 하고, 해오라비로 보는 이는 노사등鷺?藤이라 하고, 왼쪽으로 휘감는 덩굴로 본 이는 좌전등左纏藤이라 하고, 꽃이 은색에서 금색으로 변하는 걸 본 이는 금은등金銀藤 또는 금은화金銀花라 한다. 보는 이마다 다른 매력을 가진 꽃이기에 충분한 보상이 된다.

인동덩굴의 겨울나기 전략은 참으로 단순하다. 그저 참고 견디는 것! 그것은 전략이라기보다 차라리 억척스러움에 가깝다. 할 줄 아는 것이라고는 참고 견디는 것밖에 모르는 우리네 어머니의 모습과 닮았다. 왜 참는 것밖에 할 줄 모르냐고, 마음에도 없는 말을 쏟고 싶다. 우리네 어머니는 추워도 참고, 아파도 참고, 죽을 것 같아도 참는다. 추우면 춥다고, 아프면 아프다고 말하면 좋으련만 그저 참는 것밖에 할 줄 모른다. 그 답답함이 인동덩굴 같다.

알고 보면 인동덩굴은 여름에 피울 꽃을 위해 겨울을 인내하는

것이 아니다. 열매가 달려 있는 동안의 겨울을 견뎌내는 것이다. 자신을 닮은 열매 하나 목숨처럼 꼭 붙들고 엄동설한을 참아낸다. 그러니 만약 열매가 없다면 어떨까? 어쩌면 그 열매가 있기에 겨울을 견딜 수 있는 건지도 모른다. 열매야말로 인동덩굴이 겨울을 견디는 이유고 겨울을 견뎌낼 수 있는 원동력이다. 열매가 있어야 인동덩굴도 겨울을 견딘다. 자식 하나 바라보고 사는 우리네 어머니처럼.

고귀한 흰색 껍질

백송

백송은 고귀한 껍질 색깔 때문에 옛날에는 아무나 심을 수 없는 나무였다. 조선시대만 해도 백송은 한 가문의 지위를 상징했다. 기껏해야 검거나 붉은색인 소나무와 달리 백송은 상서로운 흰색 껍질을 가졌기에 높은 기품을 가진 나무로 여겼고, 그것을 백송이 심어진 집안의 품격과 동일시했다. 백송은 번식력이 약하고 자람이 늦어서 자연히 사람들의 극진한 보살핌을 받아야 했는데, 그래서 그 융숭한 대접만큼이나 남다른 나무로 인식했다.

요즘은 백송을 심는 수목원이 늘었지만 백송 특유의 하얀 껍질을 보기는 쉽지 않다. 백송은 어린 나무일수록 껍질이 회청색을 많이 띠다가 나이가 들어갈수록 껍질이 비늘처럼 조각조각 벗겨지면서 점점 흰빛을 띠면서 백송 특유의 하얀 껍질로 변모한다. 그러니 어린 나무는 백송이라고 해서 심어놓았어도 백송 같지 않다. 기껏해야 홍릉수목원의 70년 된 백송이 좀 하얀 편이다. 바늘잎이 2개씩 뭉쳐나는 소나무와 달리 백송은 3개씩 뭉쳐나는 점이 다르므로 나무껍질로 구별이 되지 않을 때에는 잎의 수를 세어보면 금세 알 수 있다.

　우리나라에서 가장 오래된 백송은 서울 재동의 헌법재판소 내에 있는 백송이다. 천연기념물 제8호이고 무려 600살로 추정하는데, 햇빛을 받으면 새하얗게 반사될 정도로 새하얀 나무껍질을 가졌다. 이 백송은 특이하게도 땅 가까운 곳에서 두 개로 갈라진 줄기가 17미터 높이로 솟아 있어서 눈길을 끈다. 알파벳 V자를 그리고 있다고 보면 맞다. 꼭 백송이 아니더라도 나무가 밑동에서부터 두 개로 갈라져 자라는 경우는 흔치 않다. 최고령에다 흔치 않은 수형을 가졌기에 헌법재판소 내의 백송은 더욱 가치가 높다. 하지만 특이한 수형의 노구를 스스로 가누기가 어려워 철제 지지대의 도움을 받고 있는 신세다.

이곳의 백송은 서 있는 장소도 남다르다. 헌법재판소가 있는 재동은 그 이름 유래부터가 살벌하다. 단종의 왕위를 넘보던 수양대군이 자신의 집권에 걸림돌이 되는 김종서를 찾아가 죽인 후 김종서의 집 일대의 피비린내를 없애기 위해 재를 가져다 뿌렸다. 그래서 그 마을을 '잿골'이라 부르던 것이 오늘날의 재동이 되었다고 한다. 피비린내 진동하는 잿골에 새하얀 껍질의 백송이 심어진 이유는 무엇일까?

그 후로 이 백송은 한 자리에 가만히 서 있으면서 적을 옮기게 되었다. 영조 때에는 유명한 재상 조상경의 집이었다. 그러던 것이 경기여자고등학교 자리와 창덕여자고등학교 자리를 거쳐 지금은 헌법재판소로 바뀌어 2004년 대통령 탄핵 심판과 같은 역사적인 판결도 참관하게 되었다. 똑같은 옷을 입고 살아도 어느 곳에 서 있느냐에 따라 달리 보이듯이 헌법재판소의 백송은 이제는 깨끗한 판결과 승복을 상징하는 나무가 되었다.

눈雪과 눈芽과 눈目

눈芽과 눈目은 혹시 같은 어원에서 온 말이 아닐까? 눈目을 뜨면 세상이 열리고 눈芽을 뜨면 세상이 시작된다. 사람에게는 두 개씩의 눈目이 주어지고 나무는 겨울을 지낼 동안의 눈芽이 주어진다. 견뎌내야 할 것이 많은 눈芽일수록 두껍게 제 몸을 감싼다.

겨울은 눈의 계절! 눈雪이 내려 덮인다. 뜨지 않은 겨울눈으로 바라보는 세상은 차가운 온도를 가졌다. 겨울눈을 만들어 눈감고 지내라는 건 무엇을 보라는 의미일까? 속임 없이 내면을 응시하는 눈! 쌓여 덮이는 눈雪의 무게만큼 눈芽은 떠보기도 전에 혹독한 세상을 겪는다. 미리 준비한 털외투가 아니었다면 감은 눈을 뜨지 못한 채 냉해를 입어 그대로 세상의 끝을 볼 것이다. 몰아치는 백색의 시련을 이겨낸 자는 끝내 눈뜨고 봄을 볼 것이다. 더욱 밝은 세상을 보기 위해 감았던 눈을, 새순이여 와짝 떠라!

목련의 겨울눈(위쪽 사진), 호랑버들의 겨울눈(아래쪽 사진)

다시 봄

다시 오는 봄은 믿음과 약속의 시간이다. 꼭 다시 올 거라는 순환에 대한 믿음이 있어 생명들은 겨울을 인내하고, 그 약속은 어김없이 지켜지기에 남은 계절의 일들을 설계한다. 끊임없이 희망을 연습시키고, 애타게 기다리게 하는 봄. 봄기운이 돌면 마음이 들뜨듯 땅도 들뜬다. 들뜨면서 생긴 공간으로 틈입의 여지가 생기고 그리로 바람이 드나든다. 바람은 뿌리를 흔들고 가지를 흔들고 마음을 흔든다. 어느 먼 땅 끝의 마을에서 시작된 봄이 논밭길을 걸어서 산허리를 굽이굽이 들르고 내를 건너 들녘을 달려와 신나게 부려놓는 저 생기! 땅속에서 꿈틀거리던 것들은 바깥세상 구경에 신이 나고, 끊임없이 길어 올려진 생명의 원기는 나뭇가지마다 연초록빛 새순에 불이 켠다. 초록에 허기졌던 숲이 환해진다. 다시 돌아온 봄이다.

꽃샘추위

깨어나라 해서 깨어났는데, 꽃피어라 해서 꽃피었는데, 이게 무슨 일이란 말인가? 난데없이 겨울이 역행하여 찾아온다. 속았다고 하면서 사람들은 옷장 깊숙이 넣어두었던 두꺼운 외투를 도로 꺼내 입는다. 매년 겪는 일이면서도 알 수 없는 일이라고 투덜거리면서 다시금 따사로운 햇볕이 내리쬐는 날을 기다린다.

그럴 수 없는 꽃나무들은 뼛속 시린 추위 속에서 냉해를 입기도 하고 몸속의 물이 얼어 터지는 변을 당하기도 한다. 느닷없이 토라진 애인처럼 돌변한 날씨에 땅위의 봄꽃들은 시린 얼굴을 들지 못한다. 그대로 봄날의 통과제의가 얼른 지나가기만을 바란다. 상한 꽃잎은 상한 대로 두고 예비해둔 새로운 꽃봉오리를 단단한 각오처럼 손에 쥔다.

꽃샘추위가 아니면 봄은 긴장감 없이 풀어지고 마는 전시장. 그 나른하고 미적지근한 봄이 싫어서라도 한 번쯤은 꼭 오고야 마는 짧은 시련이 있어 봄은 더욱 봄다워진다. 방심하지 말라! 긴장을 늦추지 말라! 봄이 온다면 꽃샘추위도 함께 온다.

개복수초

나이테

나이테는 겨울이 있는 나라의 나무여야 생긴다. 봄부터 여름까지 세포분열이 활발해 나무가 쑥쑥 자라는 시기에는 목재의 색깔이 연하고 폭도 넓게 생성된다. 가을부터 겨울을 견디는 동안에는 아주 천천히 자라나 조직이 치밀해지고 색깔이 진하며 폭이 좁아지는데, 그때 생긴 결이 나이테다. 그러니 겨울이 없다면 나이테도 없는 것이다.

나이테에는 그 나무가 살아온 역사가 기록되어 있다. 나이는 속여도 나이테는 숨길 수 없다. 한켜 한켜 계절의 순환을 심재라는 기록지에 꼬박 기록해 둔 나이테를 품고서 나무는 자란다. 꼭 나이만 적히는 건 아니어서 그 해 계절의 특성이나 산불의 기록 등등 나무가 겪고 살아온 생애가 고스란히 적힌다. 주민등록증을 내보이기 전까지는 얼마든지 속일 수도 있는 게 나이지만 나무는 나이테를 불려가는 동안에 겪어야 했던 일들을 순순히 적어놓는다. 그렇게 제 몸에 하나씩의 테를 그을 때마다 속내가 깊어진다. 나이를 먹는다는 건 둘레를 불려가는 것이 아니라 속이 깊어진다는 것이

다. 켜켜이 차곡차곡 쌓인 세월의 지층 같은 연륜의 무늬. 나이테,
그것은 나무의 자서전이다.

버팀목

누군가에게 쓰임새가 있다는 건 행복한 일이다. 봄이면 탐스러운 꽃을 보여주고, 여름에는 시원한 그늘을 드리워주고, 가을이면 맛난 열매를 내어주고, 끝내는 잘려나가 땔감으로 마지막 생애를 불태운다 해도 행복하다 말할 수 있는 건 누군가에게 쓰임새가 있었기 때문이다. 다 나눠주고 본질마저 해체된 순간에도 누군가에게 자신의 몸을 내어줄 수 있는 것도 행복이라면 행복이다.

새로운 땅으로 옮겨진 나무 주변에는 으레 버팀목을 둘러준다. 이사 온 나무가 자리를 잡고 잘 살아갈 수 있도록 버팀목이 지탱해준다. 나는 한 번이라도 누군가의 버팀목이 되어준 적이 있을까? 삶을 버거워하는 이에게 좁다란 어깨라도 한번 내어준 적이 있을까? 알아주지 않는대도 남을 위해 기꺼이 내 한 몸 내어주고 그의 삶을 지탱해준 적이 있을까?

나무를 위한 나무. 더 이상은 나 자신을 위한 삶을 살지 않는 나무. 잊지 마시라! 버팀목도 한때는 살아 있는 나무였다.

중심 비우기

끝까지 채우려 들려 하지 말자. 꽉꽉 채우는 일이 한계에 다다랐다 싶으면 그때부터는 나무처럼 점점 속의 것을 덜어내기 시작하자. 더 채우려 들지 않고 비워내는 일에 매진하게 되는 것은 또 다른 삶의 출발이다. 나이를 잊어버리고 살듯 제 속의 나이테를 지우고 욕심도 비우고 중심을 비운다. 고목이 되어간다는 건 중심 없이 중심을 잡고 산다는 것! 그것이 바로 고목의 운명이자 숙명이다.

생의 어느 한순간이 가장 뜨거웠노라고 말해 무엇하랴? 끝내 말하지 않았던 속마음도 미련 없이 비워내자. 내 안에서 나를 지워내는 일은 치열한 삶의 연장이다.

점점 얇아져가는 껍질 속에 점점 넓어지는 허공을 바라보며 언젠가 자신의 온몸이 그 허공이 될 날을 받아들인다. 더 이상 제 몸의 둘레를 넓히지 못하는 날, 제 몸 속의 허공을 넓혀가자. 비워낸 중심이 허공이 되는 날까지…….

선운산 은행나무

KI신서 3883

나무를 만나다

1판 1쇄 인쇄 2012년 3월 28일
1판 1쇄 발행 2012년 4월 4일

지은이 이동혁
펴낸이 김영곤 **펴낸곳** (주)북이십일 21세기북스
부사장 임병주 **MC기획1실장** 김성수 **BC기획팀** 심지혜 홍지은 양으녕
편집실장 주명석 **편집1팀장** 정지은 **책임편집** 이주희 **디자인** 박선향
마케팅영업본부장 최창규 **마케팅** 김현섭 김현유 강서영 **영업** 이경희 정병철
출판등록 2000년 5월 6일 제10-1965호
주소 (우 413-756) 경기도 파주시 문발동 파주출판단지 518-3
대표전화 031-955-2100 **팩스** 031-955-2151 **이메일** book21@book21.co.kr
홈페이지 www.book21.com
21세기북스 트위터 @21cbook **블로그** b.book21.com
ⓒ이동혁, 2012

ISBN 978-89-509-3639-6 13810